ドストエフスキーのエレベーター

the Elevator of Dostoyevsky

自尊心の病について

萩原俊治

Shunji Hagihara

イーグレープ

目次

はじめに……6

自尊心の病……11

命綱としてのドストエフスキー……11

フォマー・オピースキン……16

わたしの恥多き人生……19

自尊心の病……23

ポリフォニー小説とモノローグ小説……29

「人間の内なる人間」……29

ポリフォニー小説と「持続」……38

「大きな対話」と「ミクロの対話」……47

「本質的な意味上の余剰部分」……52

「持続」というエレベーター……54
チホン僧正……61
シニフィエはどこにもない……66
自尊心の病とモノローグ小説……75
上下するエレベーター……75
人間の欲望は自尊心の病になる……82
旋毛虫と物語の暴力……88
ドストエフスキーの回心……95
二人のドストエフスキー……95
『死の家の記録』とシェストフたち……105
土壌主義……111
ペトロの恥多き人生……118
『白夜』と『地下室の手記』……124

円環小説としての『地下室の手記』……135
地下室の男の恥多き人生……142

二種類のポリフォニー小説……148
なぜドストエフスキーだけにポリフォニー小説が書けたのか……148
バフチンとジラールへの補足……154
ポリフォニー小説の読み方……165

おわりに……170

ドストエフスキーの作品を読むためのドストエフスキー年譜……173

あとがき……191

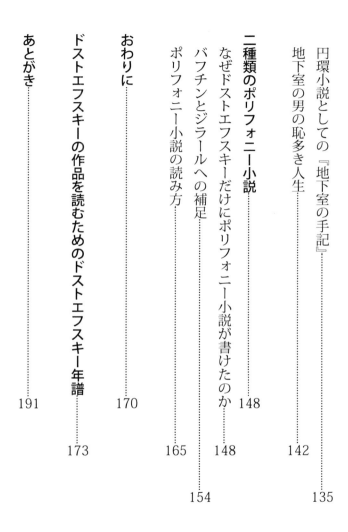

はじめに

『カラマーゾフの兄弟』に出てくるゾシマ長老の兄、マルケルの人生はドストエフスキーの人生の縮図だと言ってもいい。

十七歳になったマルケルは、ある政治犯に気に入られ、彼のもとに毎晩通うようになる。その政治犯は大学でも有数の学者で、すぐれた哲学者だった。彼はその自由思想のため、逮捕され、マルケルの住んでいる町に流刑になったのである。しかし、その流刑囚は有力な庇護者の尽力で、その田舎町からペテルブルクに呼び戻され、官途に就く。

その流刑囚と別れたマルケルは、幼児洗礼を受けていたのにもかかわらず、信仰よりその流刑囚の自由思想を重要に思うようになっている。その流刑囚から大きな影響を受けたのだ。このため、彼は神の存在を否定し、教会に通っている人々も批判するようになる。

しかし、そのあとすぐ、マルケルは重い病にかかる。往診した医者は、もう長くはないと寡婦になっていた母親に言う。母親はマルケルに教会に行って精進し聖餐を受けるように懇願する。マルケルは激怒し、教会をののしる。

ところが、それからしばらくしたあるとき、マルケルは母親の願いを受け入れ、教会に通うようになるが、病のため教会にも通えなくなる。自分の死の近いことを悟ったマルケルは八歳下のゾシマにこう言う。

「われわれはだれでも、すべての人に対してあらゆる面で罪深い人間だけれど、なかでも僕はいちばん罪深いんですよ。[1]」

マルケルからこの言葉を聞いた母親は、なぜお前がいちばん罪深いのか、世間には人殺しや強盗もいるのに、と言う。そして、マルケルは亡くなる。しかし、ゾシマが兄のその言葉を忘れることはない。彼はマルケルによって修道僧への道に進む。

父親殺しの嫌疑をかけられたドミートリイも刑を受ける直前、このマルケルの「われわれはだれでも、すべての人に対してあらゆる面で罪深い人間だ」という言葉をアリョーシャに繰り返す。[2] ドミートリイはマルケルのように「なかでも僕はいちばん罪深いんですよ」とは

1『カラマーゾフの兄弟（中）』、原卓也訳、新潮文庫、2007、p.67（本書では既訳からの引用のさい、誤訳などを訂正して引用する）

言わないけれど、彼がマルケルと同じことを考えていることがわたしたちには分かる。ドミートリイはマルケルを知らないし、マルケルのその言葉も知らないのに、マルケルの言葉をすでに理解していたように振る舞うのである。

以上から、『カラマーゾフの兄弟』を書いていた晩年のドストエフスキーにとって、マルケルのその言葉が重要な意味を持っていたことは明らかだろう。また、ドストエフスキーの一生を見渡せば、マルケルの出会ったその流刑囚が、ドストエフスキーが処女作の『貧しき人々』を書いた頃出会ったベリンスキーを想起させることも明らかだろう。ドストエフスキーもまたマルケルと同じように、無神論者のベリンスキーに出会うことによって一時、神を見失ったのである。しかし、死刑の判決を免れ、デカブリストの妻から贈与された福音書のおかげで、シベリアの監獄で再びキリストを信頼するようになる。つまり、マルケルの短い人生はそのままドストエフスキーの人生の縮図なのである。

ところが、わたしにはドストエフスキーにとって最も重要なはずのマルケルのその言葉の意味が、長い間分からなかった。これはドストエフスキーがわたしには分からなかったということだ。特に、わたしの信頼していたフランスの哲学者であるエマニュエル・レヴィナスの言葉が、一層、わたしにドストエフスキーを分からなくさせていた。ロシア語で『カラマーゾフの兄弟』を読んだレヴィナスはポワリエとの対話でこう述べている。

ご承知のとおり、他者との関係に話が及ぶと、私はいつもドストエフスキーのなかの感銘深い一文を思い出すのです。それは『カラマーゾフの兄弟』のなかの核心的な部分です。そして「私たち全員がすべてのことについて、すべての人々について責任があるのです。そして私は他の人たち以上に責めを負わねばならないのです。」いわば、私は他の人々に対する責務において有罪であるような状況にいるわけです。他者の対応がどのようなものであれ、それは私のア・プリオリな有責性に、私をみつめる他者にかかわる私の始原的有責性には関係のないことなのです。当然のことながら、そうしないと、さまざまな有責性を分割してしまうことになり、その結果なにも残らなくなってしまうはずです。そうすれば責務から解放されるわけです![3]

2『カラマーゾフの兄弟（下）』、原卓也訳、新潮文庫、2007、p.209
3 エマニュエル・レヴィナス、フランソワ・ポワリエ、『暴力と聖性――レヴィナスは語る』、内田樹訳、国文社、1997、pp.136-137

要するに、レヴィナスによれば、わたしたちには他者に対する「ア・プリオリな有責性」、つまり、「私をみつめる他者にかかわる私の始原的有責性」があるということだ。だから、マルケルは「私は他の人たち以上に責めを負わねばならないのです。」と言う。これがレヴィナスの考えだ。

正直に言って、わたしにはレヴィナスのこの言葉の意味が理解できなかった。いや、直感的には分かったというべきだろう。不幸で悲惨な顔を目にしたとき、わたしたちは何とかしなければならないという責任を感じる。「責任を感じる」ということは自分に罪があるということだ。ロシア語の「罪（вина）」という言葉は「責任」という意味でもある。しかし、なぜマルケルは「私は他の人たち以上に責めを負わねばならない」というのか。なぜ「他の人たち以上に」なのか。その理由がわたしには分からなかった。

しかし、あるとき、わたしはこのレヴィナスの言葉の意味が分かった。それと同時に、ドストエフスキーの思想が一挙に分かった。このため、喜び勇んでその分かったことについて書き始めたのだが、その結果、以下のようなドストエフスキー入門書のような長文になってしまった。最後まで読んで頂ければ幸いである。

自尊心の病

命綱としてのドストエフスキー

それは高校二年の定期試験の一週間ほど前だった。わたしは試験勉強にうんざりした挙句、たまたま自宅にあったドストエフスキーの『カラマーゾフの兄弟』を手に取った。それは、のちにロシア語学習者向けの或る雑誌で誤訳が多いと批判された池田健太郎訳だった。初めてドストエフスキーを読むわたしはそんなこととは知らず読み始めた。

読み始めるとすぐ、難解な（と、わたしには思われた）哲学風の議論や宗教論に、わたしは「これはダメだ」と降参し、白旗を揚げた。しかし、すぐその白旗を降ろし、また読み続けた。そして何度も白旗を揚げては降ろしを繰り返しながら、とうとう最後まで読んでしまった。もっとも、読むことは読んだが、試験勉強の合間に読んだこともあり、睡眠不足で頭が朦朧として、先に挙げたマルケルの言葉はもちろん、誰が父親のフョードルを殺したのかということさえ分からなかった。

しかし、そんな風に頭が朦朧となりながらも最後まで読んでしまったのは、ドストエフスキーの文章がわたしにとって面白かったからだ。のちに誤訳が多いという汚名を着せられたのにもかかわらず、池田健太郎訳はわたしには面白かった。そのため、途中で読むのをやめることができなかった。

そんなことは生まれて初めてだった。なるほど、それ以前、志賀直哉の文章を読んだときにも似たようなことがあった。しかし、ドストエフスキーの文章は翻訳であるのにもかかわらず、志賀直哉の文章とは比べものにならないほど面白かった。池田健太郎の師であった小説家で翻訳家でもあった神西清譲りの（と、あとで知ったが）彼の訳文がわたし好みの文章であったということもあるだろう。しかし、それを差し引いても、ドストエフスキーの文章には志賀直哉の文章さえ影が薄くなるほどの強烈な何かがあった。その強烈な何かの正体が分かったのは、わたしが五十歳を過ぎてからだった。これについてはあとで述べる。

わたしは今すぐその強烈な何かの正体を知りたいという自分の欲求を抑えることができず、試験が終わるとすぐ、小沼文彦訳の『白痴』や米川正夫訳の『罪と罰』を読んだ。いずれもわたしには異常に快いものだった。こういう文章を読むことができるのなら、他には何も要らないとさえ思った。それなのに、『カラマーゾフの兄弟』の場合と同様、『白痴』や『罪と罰』にも分からない箇所が無数にあった。そのどこが自分に分からないのかということさえ、わたしには分からなかった。

そのため、ロシア語でドストエフスキーを読みたいと思った。翻訳ではなく原文で読めば分からない箇所も分かるかもしれないと思った。このため、わたしは外国語大学のロシア学科に入った。

その三年後、わたしは『カラマーゾフの兄弟』の原文を読んだ。全部ではない。読んだのは始めの十分の一ぐらいだろうか。米川正夫の翻訳を頼りに『カラマーゾフの兄弟』を読んでいった。読み始めてすぐ分かったのは、わたしには相変わらず『カラマーゾフの兄弟』が分からないということだった。わたしはがっかりし、ロシア語で『カラマーゾフの兄弟』を読むのをやめた。

このため、ドストエフスキーが分からないのは自分に問題があるからだろう、つまり、自分にドストエフスキーを読むために必要な何かが欠けているからだろうと思った。そう思ったのは、小林秀雄のものを始め、わたしはすでにかなりの数のドストエフスキー論を読んでいたからだ。読みながら、その著者たちはドストエフスキーが分かるからドストエフスキーについて書いているのだろうと思った。もっとも、それは読んだというより、眺めただけというう方が正しい。なぜなら、彼らのドストエフスキー論がわたしにはほとんど理解できなかったからだ。

しかし、それはわたしの思い違いだった。その三十年後、わたしが五十歳を過ぎて分かったことだが、そのようなドストエフスキー論の著者の大半が、ドストエフスキーが分からないままドストエフスキー論を書いていた。というより、分からないから分かろうと思って書いていた。当時のわたしには、そういうことさえ分からなかった。ドストエフスキーが分からないのは自分に問題があるからだろうと思っただけだった。このため、わたしはドストエフスキー論を読むたび、ひどい劣等感に悩まされるようになった。それと同時に、せめてドストエフスキーぐらい分かるようになって死にたいものだと思った。

こう言うと、何を大げさな、と言われるかもしれない。今のわたしもそう思う。しかし、当時、わたしはドストエフスキーが分かるようにならなければ、死んでも死にきれないと思いつめていた。要するに、わたしは漠然と、ドストエフスキーが分かれば、自分のような人間にも生きる目的が見つかるかもしれないという希望を抱いていたのである。

そんな希望を抱いたのは、当時のわたしには、なぜ自分が生きていなくてはならないのかがさっぱり分からなかったからだ。そのようなわたしがドストエフスキーの文章を読んでいるときだけは、生きていてよかった、と思うことができた。要するに、ドストエフスキーの小説を読むと、自分を苦しめている胸のつかえがなくなるような気持になった。理由は分からないが、ドストエフスキーの小説を読んでいると、そうなった。大げさではなく、ドストエフスキーの存在そのものがわたしの命綱みたいなものだった。だから、何としても、ドストエフスキーが分かるようになりたいと思った。

このため、わたしは就職すれば忙しくなり、ドストエフスキーどころではなくなるだろうと思い、大学を終えると大学院に入った。そして、ドストエフスキーのライバルと言われていたサルトィコフ・シチェドリンという作家を研究し始めた。なぜそんなことを始めたのかと言えば、ドストエフスキーのライバルを研究すればドストエフスキーが少しは分かるようになるだろうと思ったのである。溺れる者は藁をもつかむということだ。サルトィコフ・シチェドリンにはほとんど翻訳がなかったので、当時ソ連で出ていた二十巻全集を読んだ。しかし、これは的はずれな暇つぶしに過ぎなかった。なるほど、サルトィコフ・シチェドリンがドストエフスキーのライバルであることはよく分かった。しかし、わたしは農奴制とロシア帝政の批判を繰り返すだけの無神論者であるサルトィコフ・シチェドリンに心底うんざりしてしまった。このため、ロシア語でサルトィコフ・シチェドリンに関する修士論文を書いてしまうと、それきりサルトィコフ・シチェドリン研究を放棄した。

フォマー・オピースキン

それから十年近く経った或る日のことだ。その頃、わたしは相変わらず、ドストエフスキーが分からず、生きている理由も分からなかった。その当然の結果として、すでに結婚し子供もいたのにもかかわらず、定職にもつけず（というより、定職につく意欲が湧かず）、貧乏と胃潰瘍とひどい神経症（離人神経症）であの世とこの世の境をうろうろしていた。要するに、棺桶に片脚を突っ込んだような気分で生きていたということだ。

そんなとき、ドストエフスキーがシベリアから帰還した直後に書いた『スチェパンチコヴォ村とその住人』という中編小説を読んだ。わたしはそれを以前読んだということさえ忘れていた。それほどわたしにとっては印象の薄い小説だった。読み直したのは、その頃、ユーリイ・トゥイニャーノフというソ連の文芸評論家の書いた「ドストエフスキーとゴーゴリ」という論文を読んだからだ。その論文でトゥイニャーノフは、ドストエフスキーが晩年のゴーゴリを『スチェパンチコヴォ村とその住人』で批判している、つまり、晩年のゴーゴリをその小説の主人公であるフォマー・オピースキンの姿を通して批判している、というようなことを述べていた。わたしは若いドストエフスキーがゴーゴリを尊敬し、ゴーゴリを模倣しながら小説を書いていたことを知っていたので、フォマー・オピースキンに興味をもち、改めて『スチェパンチコヴォ村とその住人』を読み返した。

ところが、『スチェパンチコヴォ村とその住人』を久しぶりに読み返したわたしは、大げさではなく、文字通り、アッと驚いた。ドストエフスキーがフォマー・オピースキンを通してゴーゴリを激しく批判していたためではない。わたしが驚いたのは、わたし自身が『スチェパンチコヴォ村とその住人』の主人公であるフォマー・オピースキンのような人間であるということが分かったからだ。わたしを驚かせたのは、次の一節だった。

たとえばこんな人間を想像したまえ。全く下らなくて、きわめて度量が狭く、この社会の落ちこぼれで、誰にも必要でなく何の役にも立たず全く汚らしい、しかし、とてつもなく自分自身を愛していて、おまけに、この病的にいら立っている自己愛に根拠を与えてくれる何かの才能をこれっぽっちも持ち合わせていない、そういう人間を。(中略)これら運命に虐げられた放浪者や、あなた方の飼っている道化や白痴めいた者の中には、その自己愛が運命に押さえつけられることによって消え去るどころか、かえって押さえつけられたために、また道化や白痴のふりをして他人の家の厄介になり、死ぬまで他人の言いなりになって自分というものを発揮できないがために、その自己愛を一層つのらせる者もいるかもしれないのである。そして、この醜く成長してゆく自己愛は、子供のころに歪められたままの偽りの自尊心にすぎないのかもしれない。その自尊心は子供のころ初めて、貧困や生活の苦しさ醜悪さのために傷つけられて歪んだのかもしれないし、あるいは、この未来の放浪者（フォマー・オピースキンのこと―著者註）の両親が子供である彼の目の前で他人に唾を吐きかけられたがためであるかもしれない。[4]

ここで述べられている「偽りの自尊心」とは「自らの価値に対する偽りの感情」のことであり、「自分はこんな程度の人間じゃないぞ、ほんとはもっと偉いぞ」というような感情を持つということだ。フォマー・オピースキンはそういう偽りの自尊心に振り回されている人間だった。わたしはこの一節を読んで、「フォマー・オピースキンとはおれのことだ」と思ったのである。それと同時に、これで、自分にもドストエフスキーが分かるようになるかもしれないと思った。そう思ったのは、偽りの自尊心というものがはっきり分かるようになったからだ。

こう言うと、「そんな当たり前のことさえ、お前は分からなかったのか。偽りの自尊心など誰にも分かるぞ。お前はバカではないのか」と言う人がいるだろう。なるほど、確かにその通りだ。わたしはそれまで偽りの自尊心というものがさっぱり分からない愚か者だった。それどころか、それまで偽りの自尊心に憑かれたフォマー・オピースキンを、なんと愚かなやつだと思っていた。ところが、『スチェパンチコヴォ村とその住人』を久しぶりに読み返してみて初めて、自分にはそれまで偽りの自尊心というものがまったく分かっていなかったことが分かった。わたしこそフォマー・オピースキンのような愚か者だった。しかし、なぜ突然、そのとき初めてそのことが分かったのか。

わたしの恥多き人生

それは、『スチェパンチコヴォ村とその住人』を読み返したそのとき、偶然、わたしの肥大した自尊心がぺちゃんこになっていたからである。ぺちゃんこになっていたからこそ、自分には偽りの自尊心とは何かということがまったく分かっていなかったということが分かり、そのため、フォマー・オピースキンとはおれのことだと思ったのである。それまでは、自分には偽りの自尊心など分かり過ぎるほど分かるわいと思い、おれはフォマー・オピースキン

---

4 拙訳、ナウカ版ドストエフスキー全集、第三巻、レニングラード、1972、pp.11-12（米川正夫訳では、『ドストエーフスキイ全集2』、河出書房新社、1975、pp.12-13）

のようなバカではないぞ、と思っていたのである。

しかし、わたしは偽りの自尊心のこともフォマー・オピースキンのことも、何にも分かってはいなかった。そのときそう思ったのは、繰り返すが、わたしの自尊心がぺちゃんこになっていたからだ。つまり、わたしは自分がそれまで犯してきた愚行のため自分の偽りの自尊心を持ちこたえることができなくなっていたというわけだ。それほどわたしは愚行を積み重ね、恥多き人生を送っていた。積み重ねてきた愚行の重みで、わたしの自尊心はそのとき偶然、ぺちゃんこになっていた。

わたしのその愚行を告白するとなれば、それは数え切れないほどあった。いくら告白してもきりがない。告白しても『告白』を書いたルソーのように、その恥多き人生の一部分を語ることしかできないだろう。

わたしはルソーやフォマー・オピースキンのような人間だった。だった、と言うのは不正確で、今もわたしは愚行を反復している人間であり、偽りの自尊心に囚われた人間である。そんなことは自分にはもちろん、他人にもすぐ分かることだ。わたしは『スチェパンチコヴォ村とその住人』を二度目に読んだとき、そのことがはっきり分かったので驚いたのである。わたしを驚かせたのは、ドストエフスキーがフォマー・オピースキンを描写するときに述べた偽りの自尊心という言葉だった。偽りの自尊心というたったひとつの言葉にわたしは打ちのめされたのだ。

こんなことを言うと、わたしはフォマー・オピースキンのような人間でもルソーのような人間でもない、わたしは偽りの自尊心などに囚われていない、お前がバカなだけだ、だから、そんなお前ひとりだけの話をするのはやめてほしい、という人が現れるかもしれない。

しかし、わたしはそういう人にこそ、本書を最後まで読んでほしいと思う。読めば、その人も、わたしと同じように、自分がフォマー・オピースキンやルソーのような人間であることがはっきり分かるようになるだろう。あとでその理由を述べるが、人間である限り、また、死なない限り、偽りの自尊心に囚われていない人などいない。

ところで、わたしは『スチェパンチコヴォ村とその住人』を読み直して驚いたとき、内心ではすでに、自分がフォマー・オピースキンのような人間であることに気づいていたはずだ。そうでなければ、まるでいきなりパンチを食らって倒れたボクサーのように『スチェパンチコヴォ村とその住人』を読んで驚くはずがない。すでにかなりぺちゃんこになっていたわたしの偽りの自尊心が『スチェパンチコヴォ村とその住人』を読んで、完全にぺちゃんこになったというべきだろう。

しかし、わたしは死んだ赤児を抱くようにして、そのぺちゃんこになった自尊心をかかえながら、自分がフォマー・オピースキンのような人間であることを認めるべきかどうか迷っていた。それほどまでに、わたしは自分が可愛かった。しかし、自分の犯した殺人を次第に認めていった『罪と罰』のラスコーリニコフのように、わたしも最後には、自分がフォマー・オピースキンのような人間であることを認めざるを得なくなった。

なぜ、認めることができたのか。それは、『スチェパンチコヴォ村とその住人』を読んだあと、すぐ、『地下室の手記』と『罪と罰』を読み直したからだ。読み返したのは、『地下室の手記』の主人公(以下、「地下室の男」と略して述べることにする)も『罪と罰』のラスコーリニコフも、偽りの自尊心に憑かれたフォマー・オピースキンの同類、すなわち、わたしの同類ではないかと思ったからだ。わたしのこの推測は当たっていた。それだけではなく、地下室の男やラスコーリニコフはフォマー・オピースキンのはるか先を行っている、わたしの同類だった。はるか先を行っているとは、フォマー・オピースキンから地下室の男、地下室の男からラスコーリニコフという風に、ドストエフスキーの偽りの自尊心に対する認識が次第により詳細かつ正確になっていたということだ。

特に、わたしには、ドストエフスキーがラスコーリニコフの見た旋毛虫の夢を描くことによって、偽りの自尊心の正体を徹底的に明らかにしているように思われた。言い換えると、その旋毛虫の夢によって、わたしの偽りの自尊心がすみずみまで解剖されているように感じたのである。このため、わたしはその旋毛虫の夢によって自分がフォマー・オピースキンのような人間であることを認めざるを得なくなった。この旋毛虫の夢についてもあとで述べる。

自尊心の病

わたしは『地下室の手記』や『罪と罰』を読み返したあと、わたしの同類は地下室の男やラスコーリニコフだけではないのかもしれないと思った。そこで、わたしはドストエフスキーの小説を改めて読み返した。わたしの予想は的中した。それまで何気なく読んでいたドストエフスキーの最初の小説である『貧しき人々』のマカール・ジェーヴシキンでさえわたしの同類だった。さらに、『悪霊』のステパン先生やスタヴローギン、それに『カラマーゾフの兄弟』のイワンなどもわたしの同類だった。

わたしがその頃読んでいたチェスタトンの次の言葉は正しかった。

おとぎ話が問題にするのは、正気の人間が狂気の世の中で何をするかということだ。

現代の真面目くさったリアリズム小説が描くのは、そもそも気ちがいである男が、味気ない世の中でいったい何をするかということである。

いまチェスタトンの思想について詳しく述べるのは省くが、ここでチェスタトンの言う「気ちがい」とは、結局、偽りの自尊心に憑かれた人間であるということだ。と、いうより、わたしは『スチェパンチコヴォ村とその住人』を読んで偽りの自尊心のことが分かるようになって初めて、その頃読んでいたチェスタトンが分かるようになった。

要するに、チェスタトンが言うように、「現代の真面目くさったリアリズム小説」であるドストエフスキーの小説に登場する主人公たち、つまり、マカール・ジェーヴシキンに始まりイワンに終わる主人公たちは、そろいもそろって偽りの自尊心に憑かれた狂人だったということだ。わたしは自分と同じような狂人がこんなにドストエフスキーの小説にいることに驚くと同時に、自分のその発見に深い喜びを覚えた。

なぜわたしは自分が狂人であることを知って喜んだのか。それは、わたしが高校生の頃から知りたかったこと、つまり、ドストエフスキーがわたしに分からない理由が初めて分かったからだ。わたしはそのとき、自分が偽りの自尊心に憑かれた狂人であったためドストエフスキーが分からなかった、ということに気づいた。

このため、このとき、わたしは若い頃から始めたかったドストエフスキー研究を始めても許されるだろうと思った。誰が許してくれると思ったのか。それは、もちろん、ドストエフスキーが許してくれると思ったのである。

しかし、それこそまさにわたしの偽りの自尊心の仕業だった。あとで明らかになったことだが、そのとき、わたしはドストエフスキーのほんの一部分が分かっただけだった。それなのに、私自身の偽りの自尊心にそそのかされ、無謀にも、ドストエフスキー研究を開始してしまった。

わたしは、それから二十年近く、その日暮らしの浪人生活をしたあと、五十歳近くで、ようやく、ある大学に専任教員として採用された。その頃、わたしはすでにドストエフスキーについて何本か論文を書いていたので、自分ではドストエフスキーについて人前で話せると思っていた。このため、その大学の学生相手に偽りの自尊心のことからドストエフスキーについて話し始めた。

5『G・K・チェスタトン著作集Ⅰ——正統とは何か』、福田恆存・安西徹雄訳、春秋社、1973、p.18

しかし、わたしの話を理解してくれる学生はいなかった。このため、これは偽りの自尊心という言葉が分かりにくいためだろうと思い、それを「自尊心の病」と言い換えることにした。なぜそう言い換えたのかといえば、偽りの自尊心を持つということは、チェスタトンが言うように、狂気であり、狂気というのは精神の病であるからだ。

ところが、偽りの自尊心を自尊心の病と言い換えても事態は変わらなかった。わたしの話を理解してくれる学生はいなかった。一人もいなかった。

わたしは、それは自分の講義のせいではなく、学生に自尊心の病というものが理解できないからだろうと思った。なぜなら、わたしに自尊心の病というものが初めて分かったのは三十歳を過ぎてからだったからだ。わたしのように、ある程度、人生という生き地獄（と、当時わたしは思っていた）を通過しなければ、自分の自尊心の病に気づくことなどできないのだろう、と、わたしは考えた。このため、わたしはそれきり学生にドストエフスキーの話をするのをやめた。

しかし、それはわたしの思い違いだった。学生にわたしの話が分からなかったのは、わたしが自尊心の病とドストエフスキーの小説の関係を説明することができなかったからに過ぎない。

当時、わたしには自尊心の病がドストエフスキーの小説の構造にどのような形で現れているのかということが分からなかった。それが分かっていれば、学生に自尊心の病とドストエフスキーの小説の関係を明確に説明できたはずだ。そして、学生は少なくとも知的にはその関係を了解することはできたはずだ。そして、それがたとえ知的な回路を通しての知識であったにしろ、彼らが社会に出て経験をつめば、その経験によって、その知的な知識は実感をともなったものになったはずなのである。

ところが、自尊心の病とドストエフスキーの小説の関係が分かっていなかったため、わたしは自尊心の病、自尊心の病、と何かの物売りのように連呼するだけで、学生に自尊心の病とドストエフスキーの小説の関係を説明することができなかった。

わたしのドストエフスキー論を聴いた学生たちは、わたしの自尊心の病についての話を、きっと、わたしが子供の頃、大人たちによく言われた「実るほどこうべを垂れる稲穂かな」というようなお説教だと思っただろう。

そのことが分かったのは、五十歳を過ぎた或る日、わたしが『カラマーゾフの兄弟』のある場面を読んでいたときだ。その場面を読んだわたしは、なんだ、おれはまったく自尊心の病が分かっていなかったではないか、と思った。と同時に、自尊心の病とドストエフスキーの小説の関係が一挙に分かった。どんなことが分かったのか。次章からそのことについて述べよう。

ポリフォニー小説とモノローグ小説

「人間の内なる人間」

わたしがそのとき読んだ『カラマーゾフの兄弟』の場面とは、次のような場面だ。

スネギリョフ退役大尉はドミートリイにやってもいないことで疑われ、公衆の面前でヒゲをつかまれ引きずりまわされる。このドミートリイの粗暴な振る舞いに対するおわびとして、彼の婚約者であったカテリーナは、ドミートリイの弟であるアリョーシャに、スネギリョフ大尉に渡して欲しいと百ルーブリ札二枚を託す。お金を託されたアリョーシャは、親友のリーザに、スネギリョフの心理を得意気に分析しながら、スネギリョフはきっとその二百ルーブリを受け取るだろうと言う。[6] これに対してリーザはこう言う。

6　時代や社会によって物や人件費の価値は変わるので確定はできないが、いちおうわたしはドストエフスキーが生きた帝政ロシアにおける一ルーブリ紙幣の価値は令和三年現在の日本の一万円、という風に計算することにしている。物や人件費によって、実際は一ルーブリ紙幣が一万円よりずっと安い場合も多いのだが、これでおおよその感じはつかめると思う。

……あのね、アリョーシャ、今のあたしたちの、いえ、つまりあなたの……いいえ、やっぱりあたしたちのと言ったほうがいいけれど、そういう考え方にその不幸な人に対する軽蔑は含まれていないかしら……つまり、あたしたちが今、まるで上から見下すみたいに、その人の心を分析していることに？　お金を受け取るにちがいないなんて、今あれほど断定的に決めてかかったことに、ねえ？[7]

このリーザの言葉を読んで、わたしは初めてドストエフスキーを読んだような気持になった。もう自尊心の病も分かったし、ドストエフスキーも分かるようになった、と思っていた或る日、そういう気持になった。なぜ、そんな気持になったのか。それは、このリーザの言葉によって、ドストエフスキーのポリフォニー小説と自尊心の病が結びつくことが分かったからだ。しかし、ポリフォニー小説といっても知らない人のほうが多いと思う。だから、まずポリフォニー小説とは何かということを説明しなければならない。

ポリフォニー小説というのは、ソ連の文芸批評家であったミハイル・バフチン（１８９５〜１９７５）が、そのドストエフスキー論でドストエフスキーの小説に対して付けた名称だ。

バフチンによれば、ドストエフスキーはポリフォニー小説を書いた唯一の小説家なのであり、彼の書いた小説は最初の小説である『貧しき人々』から最後の小説の『カラマーゾフの兄弟』に至るまで、すべてポリフォニー小説なのである。

わたしは大学生の頃、バフチンのそのドストエフスキー論を本邦初訳の新谷敬三郎訳で読み[8]、内容がよく理解できなかったのにもかかわらず、これこそ本当のドストエフスキー論だと思った。そう思ったのは、バフチンのドストエフスキー論がドストエフスキーの小説がなぜ面白いのかということについて述べているように思ったからだ。先に述べたように、高校生のわたしはドストエフスキーの文章には志賀直哉の文章さえ影が薄くなるほどの強烈な何かがあると思い、それがわたしを強く惹きつけたのだが、その強烈な何かの正体をバフチンのドストエフスキー論が解き明かしているようにわたしは思ったのだ。しかし、そのときは直感的にそう思っただけだ。自分のその直感の正しさが分かったのは、その三十数年後、つまり、わたしが五十歳を過ぎた頃、先に述べたリーザの言葉を読んだときだった。

7『カラマーゾフの兄弟（上）』、原卓也訳、新潮文庫、2007、pp.540-541
8 M・バフチン、『ドストエフスキイ論』、新谷敬三郎訳、冬樹社、第二版、1974

そのときわたしは初めて、バフチンがそのドストエフスキー論でドストエフスキーの小説を対話として捉えた本当の理由が分かった。誰と誰の対話か。それは主人公同士の対話であり、作者と主人公との対話である。この対話という事態にドストエフスキーの小説の面白さの秘密がある、ということが分かった。

バフチンはそのドストエフスキー論で、ドストエフスキーの小説の登場人物を端役に至るまで主人公と呼ぶ。なぜそう呼のか。それはドストエフスキーがわたしたちの生きている世界をありのままに描いているからだ。わたしたちの生きている世界に端役はいない。そのような世界をドストエフスキーはありのままに描いている。だから、ドストエフスキーの小説に端役は存在し得ない。そこでは誰もが主人公なのである。そして、その主人公たちが対話を繰り広げるのがドストエフスキーの小説だ。

こんなことを言うと、ドストエフスキー以外の小説家の書いた小説でも登場人物が対話を行っているではないか、という反論が返ってくるだろう。しかし、そのような対話はバフチンの言う対話ではない。それは作者によって操作された、作者の支配下にある対話に過ぎない。バフチンはそのような小説を「モノローグ小説」と呼ぶ。バフチンがそう呼ぶのは、そのような小説はすべて作者のモノローグ（独り言）であるからだ。モノローグ小説には、作者から独立した登場人物はいない。

しかし、わたしがこんなことを言うと、変なことを言うものだ、小説の登場人物というものはすべて作者が作りあげたものではないか、だから、小説の登場人物が作者から独立していないのは当然ではないか、という反論が返ってくるだろう。

しかし、そんな風に反論する人はバフチンの言うポリフォニー小説というものを理解していない。なぜなら、ポリフォニー小説の登場人物は作者から独立した存在であるからだ。そして、ポリフォニー小説の登場人物が作者から独立しているとは、その登場人物が作者には手の届かない「聖域」を持っているということなのである。

それは、たとえば、わたしたちが奴隷として他人に従属するような存在であるとしても、わたしたちには誰にも冒すことができない聖域、つまり、意識があるというのと同じことだ。これは誰にでも了解できることだろう。わたしたちの周りにいる他者は、たとえわたしたちを社会的あるいは身体的に支配することができても、わたしたちの心、つまり、意識までも支配することはできない。奴隷であっても何を思うかは自由なのである。バフチンはその他人には犯すことのできないわたしたちの誰もが持つ聖域であるわたしたちの意識を「人間の内なる人間」と呼んだ。この「人間の内なる人間」という言葉はバフチンの造語ではなく、ドストエフスキーの言葉だ。

ドストエフスキーは最晩年のノートに、次のように記している。

完全なるリアリズムにおいては、**人間の内なる人間を見出す**ことが目標となる…私は**心理学者**と呼ばれるが、それは**誤り**だ。私はただ**最高度の意味での**リアリストに過ぎない。つまり私は**人間の心の深層**の全貌を描こうとしているのだ。[9]

ドストエフスキーの言う「人間の内なる人間」とは何か。この疑問に答えるため、バフチンはドストエフスキーの最初の小説である『貧しき人々』の主人公のマカール・ジェーヴシキンの次のような言葉を引用する。マカールはうだつのあがらない役人である自分の姿を、ゴーゴリが『外套』という小説の主人公であるアカーキー・アカーキエヴィチを通して嘲笑しているように感じる。アカーキー・アカーキエヴィチは大事な外套を追いはぎに盗まれたあと亡くなる。

ジェーヴシキンは、こう言う。

こちらはなるべく目立たないようにして、どこかの陰に身を隠し、できるだけどんな場所にも首をつっこまないようにしているのです。だって人の陰口は恐いですからね。およそ世の中に悪口の種にならないようなものはないですからね。ところが人がそんなにして生きているのに、もうこちらの生活が、社会生活も家庭生活もそっくりそのまま、文学に書かれて出回っているというわけです。何もかもとっくに印刷され、読まれ、笑われ、陰口の種になっているってわけなのです！［『貧しき人々』七月八日付、ジェーヴシキンの手紙[10]］

このマカール・ジェーヴシキンについて、バフチンはこう言う。長い引用になるが、これはバフチンのドストエフスキー論の中で最も重要な箇所だ。

9 ミハイル・バフチン、『ドストエフスキーの詩学』、望月哲男・鈴木淳一訳、筑摩書房、2006（11刷）、p.123
（バフチンによる強調箇所が邦訳では太字にされている）
10 ミハイル・バフチン、『ドストエフスキーの詩学』、p.120

特にジェーヴシキンの気にさわるのは、アカーキー・アカーキエヴィチが、ただ単にそのまま死んでしまうことである。

ジェーヴシキンは『外套』の主人公像の内に、自分自身が、いわばすっかり計算され、寸法を測られ、とことん定義された姿で表現されているのを発見した。ほらこれがお前の全部だ、お前にはこれ以上ないし、これ以上お前について語ることは何もないのだ、というわけである。彼は自分があらかじめ絶望的なまでに決定され、まるでもう死んでしまった人間のように、おしまいにされてしまっているのを感じた。そして同時にそのような仕打ちが間違っていることを感じたのである。文学的に完結されてしまった自らの像に対する主人公のこの風変わりな《叛逆》を、ドストエフスキーはジェーヴシキンの意識と言葉による控え目で素朴な形式において表現したのであった。

この叛逆の深刻な、深い意味合いを、次のように表現することができる。つまり生きた人間を、当事者抜きで総括してしまうような認識の、もの言わぬ客体に帰してしまうことは許されない。**人間の内には本人だけが自由な自意識と言葉という行為をもって解明することのできる何ものかが存在しており、それは人間の外側だけを見た本人不在の定義では決して捉えきれないものなのである。**『貧しき人々』において初めてドストエフスキーは、いまだ不完全で曖昧な形ながら、**人間の内部にあって決して完結しない何ものか**を示そうとした。それはゴーゴリその他の《貧しき官吏たちの物語》の作者のモノローグ的な立場からは示し得ないものだった。つまりドストエフスキーはすでに処女作において、将来の主人公に対する根源的に新しい立場を手探りし始めていたのである。

　ドストエフスキーの後年の作品においては、すでに主人公たちは外面的な本人不在の定義に対する**文学的**論争を行ってはいない（もっとも時に彼らに代わって作者自身が、非常に手の込んだパロディやアイロニーの形でそうした論争を行っているが）。しかし彼らはみな、他者の口にのぼる自分の人格の定義に対して、やっきとなって闘っているのである。彼らはすべて自己の内部の不完結性を感じ取り、自分を外見だけで決めつけようとするあらゆる定義を内側から突き破って、それを**虚偽**としてしまうような自己の可能性を感じているのである。生きている限り、人間はいまだ完結しないもの、いまだ自分の最後の言葉を言い終わっていないものとして生きているのである。（以下略）

これは望月哲男・鈴木淳一訳だが、大学生のわたしは新谷敬三郎訳でこの文章を読み、バフチンが言いたいことが何となく分かると思った。しかし、先にも述べたように直感的にそう思っただけで、それがどういうことなのかよく分からなかった。

ポリフォニー小説と「持続」

しかし、五十歳を過ぎたあるとき、わたしは先に述べたリーザのアリョーシャに対する批判を読んで、バフチン（あるいはドストエフスキー）のいう「人間の内なる人間」とはベルクソンの言う「持続」のことだということに気づいた。なぜなら、「人間の内なる人間」を「持続」に置き換えて読めば、バフチンの言いたいことが明確に分かるようになるからだ。これはわたしにとって驚くべき発見だった。この発見によって、わたしはバフチンのドストエフスキー論が理解できるようになった。

もっとも、ベルクソンの持続といっても、そのことに疑いの目を向ける人は多い。たとえば、ベルクソンの弟子たちでさえ、師であるベルクソンの著作を「仮説と詩の寄せ集め」ではないかと疑っているし、[11]『時間と物語』という長大な物語論を書いたポール・リクールもベルクソンの言う持続の存在を否定している。[12]また、ベルクソンの言う持続を高く評価しながら芸術論を書いたシュザンヌ・ランガーでさえ、持続を「夢」のようなものだと頓珍漢なことを述べている。[13] さらに、ベルクソン研究者の伊藤淑子によれば、有名なベルクソン論を書いたドゥルーズ、そしてわが国の高名な精神病理学者である木村敏もベルクソンの哲学を了解しないままベルクソンについて論じている。[14] なぜ、そんな風に多くの人がベルクソンの言う持続に疑いの目を向けるのか。ベルクソンはそのような人々を次のように批判する。

……これこそ、教育とは訓練だという履き違えから私たちが受け継いだ感情と観念の全容である。この教育は判断よりも、むしろ記憶に訴えるのだ。ここに、つまり根底的自我の内部そのものに、この自我を絶えず浸食していく寄生的自我が形成される。多くのひとたちはこのように生き、真の自由を知らないまま死んでいく。[15]

11『ベルクソン講義録Ⅰ』、合田正人・谷口博史訳、法政大学出版局、2002、p.XX
12ポール・リクール、『時間と物語Ⅱ』、久米博訳、新曜社、1997、p.265
13 S・K・ランガー、『感情と形式――続「シンボルの哲学」』、大久保直幹他訳、太陽社、1987、p.173
14伊藤淑子、『ベルクソンと自我――自我論を通して生命と宇宙、道徳と宗教を問う』、晃洋書房、2003、p.115

要するに、ベルクソンが言うように、自らに目を向けず、暗記というものに重心を置いた教育を受け続けたため、多くの人々が自らの内に流れる持続に気づかないまま死んでゆく。言い換えると、暗記に励むあまり、自分に目を向けることができなくなっているということだ。ベルクソンの言う「真の自由」とは、自分の持続を意識しながら生きることであり、わたしたちは自らの持続を意識するとき初めて、あらゆるものから自由になれるのである。

このベルクソンの言う持続とは川の流れのようなものだ。それは時計の時間のように区切ることができない。区切ったとたん、その生の持続は持続ではなくなる。

一方、時計の時間というものは、わたしたちがわたしたちの生きる時間、すなわち、社会生活を行うため、持続を他者と共有するため作った仮構なのである。そのような時計の時間と違って、わたしたちそれぞれに流れる持続はわたしたちに固有のものであり、それはわたしたちの誕生から始まり死で終わる。それは時計の時間のような他者と共有できるものではない。それはわたしひとりのものなのである。

わたしは以上のことを知的な回路を通して確信したわけではない。わたしは自らの経験によって以上のことを確信した。その経験とは、先に述べた、三十歳を過ぎたあるときに味わった経験、つまり、自らの自尊心がぺちゃんこになったときの経験だ。

そのとき、わたしは数年にわたって、持続が失われる病である離人症（わたしの場合は離人神経症）を患った。離人症になると、生の持続が失われるとともに、自他を質的に感受することも不可能になる。これはわたしを自殺に誘うほど苦痛な事態だった。そして、この苦境から脱したとき、わたしは偶然『スチェパンチコヴォ村とその住人』を読み、初めて自らの自尊心の病に気づくとともに、ベルクソンの言う持続がたんなる哲学的な概念ではないことを知った。つまり、わたしは死をくぐり抜けることによって、ドストエフスキーを理解するために最も重要な二つの事柄――自尊心の病とベルクソンの言う持続――を知ることができた。

この離人症については私自身の告白[16]や離人症を論じた木村敏の著作[17]を読んで頂きたい。いずれにせよ、離人症の存在そのものがベルクソンの言う持続の存在を証明している。そして、

15 ベルクソン、『時間と自由』、中村文郎訳、岩波文庫 2003、p.199
16 拙稿、「森有正、そして小説について」、文芸同人誌『たうろす』44号、1981、pp.16-25／拙稿、「物語はなぜ暴力になるのか」、『言語と文化』第4号、大阪府立大学言語センター発行、2005、pp.293-317
17 木村敏、『自己・あいだ・時間』、弘文堂、1997、p.65

その離人症体験の二十年後、わたしは先のリーザの言葉を読んで、ようやく、自分の離人症体験とバフチンのドストエフスキー論を結びつけることができるようになった。

つまり、バフチンによれば、ドストエフスキーはその小説で「人間の内なる人間」、言い換えると、「人間の内部にあって決して完結しない何ものか」を表現しようとした。このため、バフチンによれば、ドストエフスキーの小説に登場する主人公たちはすべて「自己の内部の不完結性を感じ取り、自分を外見だけで決めつけようとするあらゆる定義を内側から突き破って、それを虚偽としてしまうような自己の可能性を感じている」。このバフチンの「自己の内部の不完結性」という言葉自体、それがベルクソンの言う持続であることを明らかにしている。これが先のリーザの言葉を読んだとき、わたしに分かったことだ。

以上を要約すると、わたしが離人症において失った持続というものをドストエフスキーはその小説で描いている、とバフチンは述べている。そのことが、わたしに分かったということだ。

言うまでもないことだが、バフチンはそのドストエフスキー論で持続という言葉を使っていない。なぜ使わなかったのかはわたしには分からない。しかし、バフチンがベルクソンの言う持続を念頭に置きながらそのドストエフスキー論を展開しているのは明らかだと思う。[18]
わたしの知る限り、このように推測するのはわたしだけだ。

わたしがそう推測するのは、バフチンがこのようなドストエフスキーの小説をポリフォニー（多声）小説と呼ぶからだ。バフチンの言うドストエフスキーのポリフォニー小説では、さまざまな「人間の内なる人間」、つまり自らの持続を生きる主人公たちがその自らの「声」によって対話を繰り広げる。ここでバフチンが声と呼ぶのは登場人物の持続の中で生まれる意識か

18 わたしは、バフチンがドストエフスキー論（1929）を書くとき、当時の文学・思想界に圧倒的な影響を与えていたベルクソンの『時間と自由』（1889）の「持続」という概念を念頭に置いてそのポリフォニー論を展開していったと推測する。なぜなら、バフチンはその晩年に行われたインタビュー（БЕСЕДЫ В. Д. ДУВАКИНА с М.М. БАХТИНЫМ, М. 1996, стр .267）でベルクソンの『物質と記憶』（1896）に満腔の賛意を示しているからだ。これは『物質と記憶』が前提としている『時間と自由』にも彼が賛意を示していることを意味する。ちなみに、ホルクウィストもわたしと同様の意見だ（マイケル・ホルクウィスト、『ダイアローグの思想』、伊藤誓訳、法政大学出版局、1994、pp.222-223）。もっとも、彼は『罪と罰』のエピローグで回心への運動を始めたラスコーリニコフはもはやベルクソンのいう持続を生きていないという（マイケル・ホルクィスト、「パズルとミステリー——『罪と罰』をめぐって」、松本耿夫訳、『現代思想9』所収、1979、p.202）。しかし、回心への運動を始めたラスコーリニコフもわたしがあとで述べるように、動物として生きているのだから、ベルクソンのいう持続を生きていることは明らかだ。つまり、ホルクウィストはベルクソンのいう持続を理解していない。

ら生まれる言葉のことに他ならない。

わたしたちの意識は言語化されなければ無に過ぎない。言語化されて初めてわたしたちの持続と、その持続の中で生まれる意識が明らかになる。このため、バフチンの言う声には文字通りの声である言葉とともに身体言語（ボディランゲージ）も含まれる。要するに、ドストエフスキーの小説では、登場人物の持続そのものである意識が身体言語をも含む声となって現れ、他の登場人物たちの持続の中で生まれる意識も声となって現れ、対話を行う。

このため、バフチンはバッハの音楽などに対して使われる音楽用語の「ポリフォニー（多声）」という言葉を用いて、ドストエフスキーの小説をポリフォニー小説と名づける。近代音楽は和声によって進行するホモフォニーという形式を持つのだが、近代以前のバッハなどが用いたポリフォニーでは、さまざまな独立した旋律がからみあい進行してゆく。バフチンはそのようなポリフォニー音楽の旋律をドストエフスキーの小説に現われる声と同様のものと見なしたのである。

こう言うと、それでは従来の小説と同じではないか、従来の小説でもポリフォニー小説と同じように登場人物同士が対話を行うではないか、という人がいるだろう。しかし、それは違う。

なぜなら、ポリフォニー小説の声が作者に支配されない声であるのに対し、従来の小説の声は作者に支配されるからだ。つまり、ドストエフスキーのポリフォニー小説とは、登場人物の持続が作者の持続から独立しているので、彼らの発する声も作者に支配されていないのである。

このため、先に述べたように、バフチンはポリフォニー小説の登場人物を登場人物とは呼ばず、主人公と呼ぶ。彼はポリフォニー小説の脇役や端役のような人物さえも主人公と呼ぶ。これはポリフォニー小説の登場人物がすべて自分の持続を生きているからだ。彼らは自らの持続を生きる唯一無二の存在であり、その持続の主体、つまり主人公なのである。したがって、そのような主人公たちが対話する世界を描いたドストエフスキーは、わたしたちの生きている世界をありのままに描いているので、彼自身が言うように「最高度の意味でのリアリスト（写実主義者）」なのである。

一方、バフチンはゴーゴリの『外套』のような、作者が登場人物を操り支配する従来の小説を「モノローグ小説」と呼んだ。このため、バフチンが言うように、「ジェーヴシキンは『外套』の主人公像の内に、自分自身が、いわばすっかり計算され、寸法を測られ、とことん定義された姿で表現されているのを発見した」。

バフチンがこのような小説をモノローグ小説と呼ぶのは、先に述べたように、それが作者のモノローグ（独り言）であるからだ。言い換えると、モノローグ小説とは作者の意識を声として表したもの、つまり作者の生の持続に過ぎない。このようなモノローグ小説には、作者から独立した登場人物の持続、つまり意識、つまり声はない。あるのは、作者の持続に操られた登場人物の意識、つまり声だけだ。したがって、そこではわたしたちの生きている世界が作者の意識を通して描かれているだけだ。そのような作者はドストエフスキーが言うような「リアリスト」ではない。

こんなことを言うと、登場人物が作者の持続ではない小説など存在するのか、という反論が返ってくるだろう。そもそも作者がいるから小説の登場人物が存在するのであり、作者がいなければ、その登場人物も存在しない、だから、ポリフォニー小説といっても、その登場人物はしょせん作者であるドストエフスキーの持続の現れに過ぎないので、作者に支配されていることになるのではないのか、という反論が返ってくるだろう。

しかし、そう反論する人はバフチンの言うポリフォニー小説というものを理解していない。なぜなら、くり返すが、ポリフォニー小説の登場人物、つまり主人公が作者によって支配されないとは、その主人公が作者の支配あるいは権力の及ばない聖域を持つということに過ぎないからだ。言い換えると、作者であるドストエフスキーは自らの小説において、リーザに批判されたアリョーシャのように主人公のその聖域にずかずかと踏み込んだりせず、主人公が聖域を持つように書いている。そして、その聖域というのが、主人公の持続、つまり、主人公の意識であり声なのである。

「大きな対話」と「ミクロの対話」

しかし、こう言うと、さらに、作者がポリフォニー小説における主人公の「人間の内なる人間」、つまり持続、つまり意識（声）を支配せず描くとは、具体的にはどのような事態なのか、そんなことが可能なのか、という疑問を抱く人が現われるだろう。わたしたちのそのような疑問に対して、バフチンはラスコーリニコフの「内的モノローグ」を引用しながら次のように答える。バフチンのいう「内的モノローグ」とは、先に述べた「人間の内なる人間」、つまりラスコーリニコフの持続の中で生まれる意識であり声のことだ。

ラスコーリニコフの次のような声が生まれたのは、彼が母親からきた手紙を読んだからだ。彼はその手紙によって、妹のドゥーニャがルージンという、明らかに俗物と分かる男と結婚することになったことを知る。なぜそんな俗物と妹が結婚する羽目になったのかということについて、ラスコーリニコフは次のように考える。バフチンのドストエフスキー論からそのまま引用する。

「……はっきりしているのは、ここで中心人物として舞台の前面に立っているのが、他ならぬこの俺ロジオン・ロマーノヴィチ・ラスコーリニコフ様だってことだ。ひとつ兄さんを幸せにしてやろう。大学の学費を払って、ゆくゆくは法律事務所の共同出資者にして、一生暮らしてゆけるようにしてやりたい。そうすれば恐らくいつかは金持ちになって、立派な、人の敬う、ひょっとしたら名誉ある人物として生涯を終わるかもしれない。でも母さんは？　だって、なんて言ったって、かけがえのないロージャ、長男のロージャのことだもの。いとしい長男のためなら、かわいい娘だって犠牲にしないって法はないわ。ああ何て優しい、そして不公平な心の持ち主たちなんだ！　だがそれでどうなる。これじゃうちの連中も、あのソーニャの貧乏くじの二の舞は免れないさ。（略）[19]」

このラスコーリニコフの内的モノローグについてバフチンはこう言う。

ここに断片的に引用したラスコーリニコフの対話化された内的モノローグは、ミクロの対話の見事なサンプルである。そこではすべての言葉が二つの声を持ち、一つ一つの言葉の中で、声たちの論争が生じている。実際引用場面の冒頭で、ラスコーリニコフは独特な価値観と信念のイントネーションを持ったドゥーニャの言葉を再現しながら、彼女のイントネーションの上に、自らの皮肉な、苛立った、警告を発するようなイントネーションを重ねている。（中略）

そして小説のこれ以降の展開においても、その内容に入り込んでくるものすべてが――人間も、思想も、事物も――ラスコーリニコフの意識の外部に置かれることはなく、意識に対置されて対話的にそこに反映される。彼の人格、個性、思想、行為に対するありとあらゆる評価や見解が、彼の意識にまでもたらされ、ポルフィーリーやソーニャやスヴィドリガイロフやドゥーニャといった人物たちとの対話の場において、彼に突きつけられるのである。すべての他者の世界像が彼の世界像と交錯する。ペテルブルクの貧民窟も、その壮麗な町並みも、偶然の出会いや小さな出来事も、彼がみかけたり観察し

19 ミハイル・バフチン、『ドストエフスキーの詩学』、p.150

たりすることのすべてが、この対話に導入され、彼の問いに答え、新しい要素を彼に提示し、彼を挑発し、彼と議論したりその思想を肯定したりする。作者は自分のために何ら本質的な意味上の余剰部分を留保せず、ラスコーリニコフとまったく対等の権利を持って、小説全体の大きな対話に参加するのである。[20]

ここでバフチンが言いたいのは、「ミクロの対話」とは、彼の言う「大きな対話」に含まれる「大きな対話」以外の対話のことだ。つまり、彼の言う「大きな対話」とはポリフォニー小説全体の対話を指すのだが、そこには、主人公同士の対話はもちろん、作者と小説全体との対話も含まれる。つまり、作者は小説の主人公ではないけれど、ポリフォニー小説の主人公たちと同じように小説の対話に参加する。一方、「ミクロの対話」とは、その主人公たちの意識（＝持続）に侵入する他者の声のことなのである。それは、たとえば、ラスコーリニコフの意識に侵入する、母親の「だって、なんて言ったって、かけがえのないロージャ（ロジオンの愛称）、長男のロージャのことだもの。いとしい長男のためなら、かわいい娘だって犠牲にしないって法はないわ。」というような声のことだ。

ここで注意しなければならないのは、バフチンの言う「他者」は人間とは限らないということだ。その他者には「ペテルブルクの貧民窟も、その壮麗な町並みも、偶然の出会いや小さな出来事も、彼がみかけたり観察したりすることのすべて」が含まれる。バフチンは、そのような人間ではない他者が、ラスコーリニコフの母親のような人間の他者の声とともにラスコーリニコフの意識(=持続)に侵入するという。これが「すべての他者の世界像が彼の世界像と交錯する」ということだ。つまり、この「交錯」というのが他者と主人公の間に成立する対話のことなのであり、これがバフチンの言うミクロの対話なのである。そんなものが対話なのかと驚く人もいるだろうが、少なくとも、バフチンの対話という言葉にはそのような意味も含まれる。

ところで、作者であるドストエフスキーがその「大きな対話」において、ラスコーリニコフのような主人公の「人間の内なる人間」を支配せず描いたとは、作者であるドストエフスキーがミクロの対話をその内に含む大きな対話を、「自分のために何ら本質的な意味上の余剰部分を留保しない」で描いた、ということに過ぎない。

20 ミハイル・バフチン、『ドストエフスキーの詩学』、pp.153-154

「本質的な意味上の余剰部分」

バフチンの言う「本質的な意味上の余剰部分」とは何か。それはモノローグ小説の作者が小説の主人公を操るとき発生するもののことだ。つまり、モノローグ小説では登場人物に対して、「本質的な意味上の余剰部分」が発生する。そして、その余剰部分をモノローグ小説の読者も作者と共有する。ポリフォニー小説の作者ドストエフスキーが拒否するのは、そのようなモノローグ小説の作者や読者に発生する余裕であり傲慢なのである。

しかし、そんなことが実際に可能なのか。バフチンがここで述べているような、「作者は自分のために何ら本質的な意味上の余剰部分を留保せず、ラスコーリニコフとまったく対等の権利を持って、小説全体の大きな対話に参加する」というようなことが、小説制作において実際に可能なのか。わたしたちの誰もが抱くそのような疑問に対して、バフチンはこう答える。

例えばドストエフスキーの小説の中に作者の意識がまったく表現されていないと考えるとしたら、それは馬鹿げたことであろう。ポリフォニー小説の作者の意識は、小説中に不断に遍在し、そこで最高度に能動的な役割を果たしているのである。しかしその意識の機能と、その活動の形式は、モノローグ小説におけるのとは異なっている。作者の意識が他者の意識（つまり主人公たちの意識）を客体と化してしまうこともなく、また彼ら抜きで彼らに総括的な定義を下すこともない。作者の意識は、自分と同列に、すぐ目の前に、自分と対等の権利を持った、そして自分と同じく無限で完結することのない他者の意識を感じているのである。作者の意識は客体たちの世界をではなく、それぞれの世界を持った他者の意識を反映し、再現する。しかもその本来の**完結不能性**（そこにこそ他者の意識の本質があるのだ）の相において再現するのである。[21]

要するにバフチンが言いたいのは、ポリフォニー小説の作者の意識（＝持続）の現れである声は、その作者が書いている「小説中に不断に遍在し、そこで最高度に能動的な役割を果たしている」ということに過ぎない。そして、その作者の意識は「自分と同列に、すぐ目の前に、自分と対等の権利を持った、そして自分と同じく無限で完結することのない他者の意識を感じている」。このとき、作者とポリフォニー小説全体との「大きな対話」が成立する。つまり、バフチンが言うように、「作者の意識は客体たちの世界をではなく、それぞれの世界を持った

21 ミハイル・バフチン、『ドストエフスキーの詩学』、p.140

他者の意識を反映し、再現する。しかもその本来の**完結不能性**（そこにこそ他者の意識の本質があるのだ）の相において再現する」。

「持続」というエレベーター

ところで、先に述べたように、リーザのアリョーシャに対する批判を読んだとき、わたしの頭に浮かんだのはベルクソンのいう持続だったのだが、そのとき同時にわたしが思い浮かべたのは、この世界で上下するさまざまな透明なエレベーターだった。そのエレベーターにわたしたちがそれぞれ一人ずつ乗って、自力で上下しているのである。それは遊園地のメリーゴーラウンドのような光景だった。

しかし、自力といっても特に何かを意味しているのではなく、自力でエレベーターを上下するとは生きているということに過ぎない。言い換えると、それはわたしたちがベルクソンの言う持続を生きているということに過ぎない。すなわち、比喩的にいえば、そのような持続する命を乗せたエレベーターが、それぞれ異なった場所で上下している。わたしには、そのような世界をそのまま描いたのがドストエフスキーのポリフォニー小説なのだということが、先のリーザの言葉を読んだとき分かったのである。しかし、エレベーターが上下するとはどういうことか。説明しよう。

これまで述べたことから明らかなように、ポリフォニー小説の主人公たちの意識から現われる「声」が帯びる特徴とは「未完結性」あるいは「完結不能性」と「現在中心性」だ。なぜなら、くり返すが、ドストエフスキーの言う「人間の内なる人間」とは、ベルクソンの言う持続に他ならないからだ。わたしたちが生きている持続から現われる意識は常に現在にあり、未完結なのである。

このため、わたしたちはドストエフスキーの小説を読むとき、ここには他の小説家の小説にはない現実感があると感じる。そんな風にわたしたちが感じるのは、ドストエフスキーの小説を読むとき、その主人公たちがわたしたちと同じように、未完結性と現在中心性という特徴を帯びた持続を生きていると感じるからだ。そして、これこそわたしたちがドストエフスキーの小説を読むとき、彼の小説には他の小説にはない現実感があると思う原因なのである。また、その現実感こそ、ドストエフスキーの小説を読むときわたしたちにドストエフスキーの小説が面白いと感じさせるものの正体なのである。このため、高校生のわたしは、小説の内容がよく分からないのに、読むのをやめることができないほどドストエフスキーの小説に熱中したのである。

しかし、ドストエフスキーは小説の主人公の「人間の内なる人間」である持続を描いていると言うと、ドストエフスキー以外の小説家も登場人物の「人間の内なる人間」を描いているではないか、と言う人がいるかもしれない。

たとえば、遠藤周作によれば、『テレーズ・デスケルウ』を書いたモーリヤックはこう言っている。

小説家は人間の真実を書くものだ。その真実を、たとえ自分がキリスト教徒であるからといって、キリスト教の方へねじ曲げたり、作中人物の心理に嘘を書くことはできない。作中人物は小説家の操り人形ではない。[22]

つまり、モーリヤックが述べているように、モノローグ小説の作者も登場人物の「真実」、つまり「人間の内なる人間」を描こうとする。なぜなら、登場人物の「人間の内なる人間」を描かなければ、そのような小説は作り物のような印象を読者に与えてしまうからだ。だから、モノローグ小説では、小説に作り物のような印象を与えないよう作者が配慮する。

しかし、それがモノローグ小説の限界なのである。そのような配慮は登場人物が完全に作者の監視を離れて、自らの持続を生きているということではない。作者の配慮によって作られた登場人物の自由は、作者の監視下にある持続によってもたらされたものに過ぎない。つまり、それは登場人物の生きている時間（＝持続）ではなく、作者の生きている時間（＝持続）なのである。もっとも、モノローグ小説でも、その登場人物が作者の監視の眼を逃れて、自らの持続を生きることがあるだろう。しかし、遠藤周作も述べているように、それは作者にとって想定外の出来事だ。

ドストエフスキーのポリフォニー小説はそのようなモノローグ小説とは違う。ポリフォニー小説では、小説の端役に至るまで作者の監視下にはなく、作者によってその「人間の内なる人間」、つまり、彼らの持続の中で生起する意識が声として描かれている。なぜそんなことが可能になるのか。それは、ポリフォニー小説全体の対話の中で、主人公の声、つまり、「人間の内なる人間」が明らかになるからだ。そうなるのは、くり返すが、作者のドストエフスキーがその対話に作者としての権力を振るうことがない、つまり、作者が主人公たちと対等の立場に立ち、自分の時間（＝持続）を小説の中に持ちこまないからだ。

22 遠藤周作、『人生の踏絵』、新潮文庫、2019、pp.43-45

ところで、ポリフォニー小説の「大きな対話」には、その主人公たちだけではなく、作者や読者も参加している。つまり、バフチンが言うように、「作者の意識は、自分と同列に、すぐ目の前に、自分と対等の権利を持った、そして自分と同じく無限で完結することのない他者の意識を感じている」のだが、読者もまた、作者と同じことを感じているのである。そのような事態についてバフチンはこう言う。

ドストエフスキーの小説をモノローグ的に捉えるのではなく、新しい作者の立場の地点にまでのぼって味わうことのできる**本物**の読者はみな、この独特な自己の意識の**積極的拡大**の感覚を味わう。しかもそれは単に新しい対象（諸々の人間のタイプ、性格、自然や社会の諸現象）を自己に獲得するという意味ばかりではなく、何よりもまず完全な権利を持った他者たちの意識とのかつて経験したことのないような対話的交流を、そして完結することのない人間の深奥部への積極的な対話的浸透を経験するという意味においてなのである。[23]

そして、ポリフォニー小説を読むことによって、このような「対話的交流」を経験した読者が自分の感じたことを、たとえばドストエフスキー論を書くことによって言語化すれば、それは自らの持続の中で生まれた意識に言葉を与えたことになる。それがポリフォニー小説の対話に参加した読者の声になる。言い換えると、読者がこのようなポリフォニー小説を読み、ポリフォニー小説と対話し、その対話を言語化するとき、読者によって生きられている持続がどのようなものであるのかが他者にも明らかになる。そのとき、読者の「人間の内なる人間」が明らかになり、その読者がどのような人間であるのかが明らかになる。

ところが、このような読者とポリフォニー小説との「大きな対話」についてバフチンは先のように述べるだけで、具体的には何も述べていない。その理由は不明である。バフチンは、たんにそれについて述べるのを省いたのか、それとも、そのことを述べることによって、当時のソ連の全体主義体制に生きる共産党幹部たちの狂気ともいうべき「人間の内なる人間」を明らかにしてしまうのを恐れたのか。わたしにはバフチンがポリフォニー小説と読者の関係について具体的に書かなかった理由が分からない。

分からないが、ドストエフスキー論を出版した直後、敬虔な正教徒であったバフチンが、

---

23 ミハイル・バフチン、『ドストエフスキーの詩学』、p.141

司祭養成所で教えていたことを反共産主義活動とみなされ、仲間とともに逮捕されたのは事実なのである。バフチンはソ連当局に逮捕されたあと、厳寒のソロヴェーツキイ島のソロフキ収容所に送られる。しかし、彼の健康状態が悪化し手術を受け、彼の片脚は切り落とされる。そして、ついに彼の命さえあやうくなったので、バフチンの友人たちが奔走しゴーリキイやルナチャルスキイといった大物の文学者をも動かす。そのため、バフチンはソロフキ収容所から解放され、シベリアのカザフスタンに流刑になる。そして、その後、バフチンは亡くなるまで、当局の監視のもと、シベリアで暮らすことになる。[24]

したがって、このような状況下では、たとえバフチンに、ポリフォニー小説と読者との「大きな対話」について述べようという意志があったとしても、それを述べるのは無謀過ぎる行為であっただろう。それでなくとも、誰の眼にも、バフチンがドストエフスキーのポリフォニー小説を論じながら暗に、共産主義というひとつの声によって支配されているモノローグ的なソ連の全体主義体制を批判しているのは明らかだった。つまり、バフチンのドストエフスキー論におけるモノローグ小説批判そのものが、ソ連を根底から批判する「イソップ言語」(権力に対する隠された批判)になっていた。

しかし、以上のように述べただけでは、バフチンがついに述べることのなかったポリフォニー小説と読者の「大きな対話」が具体的にどのようなものであるのかが、読者には分からないかもしれない。そこで、バフチンに代わって、わたしがそれを述べておこう。一例として、『悪霊』の「スタヴローギンの告白」に登場するチホン僧正とスタヴローギンの対話を取り上げる。

チホン僧正

修道院を訪れたスタヴローギンを迎えたチホン僧正は「年の頃五十五、六、なんの飾りもない室内用の僧服を着て、見たところいくらか病身らしい、背の高い痩せた男[25]」だった、という風に、まず、その社会的属性や身体的精神的特徴が作者ドストエフスキーによって描かれる。

このあと、スタヴローギンが人から聞いたチホンについての噂が作者によって紹介され、次に作者の代弁者である語り手のGが人から聞いた噂が小説に挿入される。チホンには神が

24 カテリーナ・クラーク、マイケル・ホルクィスト、『ミハイール・バフチーンの世界』、川端香男里・鈴木晶訳、せりか書房、1990、pp.180-187
25 ドストエフスキー、『悪霊（下）』、江川卓訳、新潮文庫、2007、p.644

かり的なところがあり、無頓着な暮らしぶりで、熱烈な崇拝者、特に女性の崇拝者が多くいるらしい。チホンはキリスト教の著作だけではなく「戯曲や小説など、ひょっとするともっとひどいもの」まで読んでいるらしい。このような噂から得られた情報は謎めいていて、チホンがどのような人物なのかは分からない。

結局、チホンがどのような人物であるのかが明らかになってくるのは、スタヴローギンと出会う場面である。このとき初めてチホンの「人間の内なる人間」、つまり彼の持続が声となって現れる。しかし、言うまでもないことだが、それはチホンの持続の一部に過ぎない。作者ドストエフスキーにも、わたしたち読者にも、チホンという人物における「人間の内なる人間」、つまり、持続がどのようなものであるのかは分からない。分かるのは、チホンがわたしたちとは異なった持続を生きている存在だということだけだ。したがって、彼の「人間の内なる人間」、つまり彼の生の持続とともに生まれる意識は作者にも読者にも分からない。

さらにチホン自身にも自分の「人間の内なる人間」は分からない。なぜなら、わたしたちは自らの生の持続の真っ只中にいるので、その自らの生の持続を知ることはできないからだ。自分で自分の顔を直接見ることができないように、わたしたちは自分の生の持続から生まれるわたしたちの意識を知ることはできない。わたしたちに知ることができるのは、その意識が過去のものになった瞬間に分かる、その意識から生まれた自分の声だけだ。だから、チホンがスタヴローギンと対話を交わすとき明らかになるのは、彼の「人間の内なる人間」によって生み出された声、つまり彼の意識の断片だけだ。

しかし、その一方で、そのチホンの意識の断片、つまり、チホンの声はチホン以外の誰のものでもなく、チホン一人のものである。このため、バフチンはポリフォニー小説の主人公のひとりである地下室の男の言葉（＝声）について、こう言う。

……彼は最後の言葉は自分のものだと知っており、何としてでもその自分に関する最後の言葉、自分の自意識の言葉を自らに留保しておこうと努めている。それはその言葉によって、あるがままの自分から解放されるからである。彼の自意識は、その不完結で非閉鎖的で非決定的な生を生きているのである。[26]

ここでバフチンの言う「最後の言葉」とは、わたしたちの持続する意識から生まれる声の

26 ミハイル・バフチン、『ドストエフスキーの詩学』、p.110

中で、最も新しい意識から生まれる声のことだ。それは「あるがままの自分」というすでに過ぎ去ったわたしたちの意識についてのわたしたちの声ではない。なぜなら、わたしたちが自分を「あるがまま」にとらえたとき、それはすでに過去になった自分の「あるがまま」の意識に過ぎないからだ。「あるがままの自分」とは幻想なのだ。

わたしたちは現在進行中の自分の意識をとらえることはできない。しかし、その一方で、わたしたちの現在進行中の意識から生まれる声はわたしたちのものであるので、わたしたち以外の誰かがその声について述べる権利はない。このように、わたしたち自身の現在進行中の意識から生まれている声は、わたしたちのものではあるが、わたしたちにも、わたしたち以外の他者にも、それを知ることはできないのである。これがバフチンの「あるがままの自分から解放される」という言葉の意味であり、チホンに起きているのはこのようなことだ。

さて、スタヴローギンが、自分は少女マトリョーシャを誘惑し自殺に追い込んだという告白文を読み上げると、聞いていたチホンはこう言う。

「もしだれか、このことで（チホンは文書を指さした）あなたを赦す者があったら、それもあなたが尊敬し、恐れている人ではなく、見知らぬ人、あなたがけっして行き会わぬだろう人が、この恐ろしい告白を黙って読み、心の中であなたを赦してくれるとしたら、あなたはそのように考えて心が軽くなられますかな、それとも、同じことですかな?」

「軽くなります」スタヴローギンは小声で答えた。「もしあなたが赦してくだされば、もっとずっと軽くなるでしょうが」彼は目を伏せて、つけ加えた。

「あなたも私を赦してくださるのなら」心にしみ入るような声でチホンは言った。[27]

このスタヴローギンとの対話の中でもらしたチホンの言葉に、チホンの「人間の内なる人間」が現れている、と、わたしが思うとすれば、わたしはそう思うような持続を生きているのである。言い換えると、そこに、そう思うわたしに、わたしの「人間の内なる人間」、つまり、わたしの持続から生まれる意識が現れているのである。そして、わたしがチホンとはかくかくしかじかの人間だというとすれば、わたしは自分自身の「人間の内なる人間」を自分以外の人間に明らかにすることになる。だから、バフチンの言うポリフォニー小説を理解できない者がドストエフスキー論を書けば、かならず、読者に自分自身の「人間の内なる人間」

27『悪霊(下)』、p.705

を明らかにする。つまり、読者には、その著者たちがどのような人間であるのかが分かる。

しかし、わたしたちのそのような意識、つまり「人間の内なる人間」は、チホンの「人間の内なる人間」とは何の関係もない。なぜなら、最終的なチホンの「人間の内なる人間」はチホンにもチホン以外の者にとっても、いつまでも謎のままであるからだ。バフチンが言うように、チホンの自意識は地下室の男の自意識と同様、「その不完結で非閉鎖的で非決定的な生を生きているのである。」

また、それ以外の、チホンをめぐる噂も真偽を確かめられないままに終わる。要するに、チホンの「人間の内なる人間」も、チホンについてのさまざまな噂、すなわち情報も最終的な意味を獲得できないままになる。なぜ、こんなことになるのか。もう少し詳しく説明しよう。

シニフィエはどこにもない

すでに述べたように、作者ドストエフスキーによってチホンの社会的属性や身体的精神的特徴は確定されている。繰り返しになるが、彼は「年の頃五十五、六、なんの飾りもない室内用の僧服を着て、見たところいくらか病身らしい、背の高い痩せた男」なのである。ドストエフスキーはチホンだけではなく、『悪霊』や『悪霊』以外の主人公たちにも同じように振る舞う。

しかし、その社会的属性や身体的精神的特徴以外のことになると、すべて噂や作者の憶測に過ぎない。スタヴローギンや語り手のGが人から聞いた噂に過ぎない。これも繰り返しになるが、チホンには神がかり的なところがあり、無頓着な暮らしぶりで、熱烈な崇拝者、特に女性の崇拝者が多くいて、キリスト教の著作だけではなく「戯曲や小説など、ひょっとするともっとひどいもの」まで読んでいるらしい。要するに、このような噂は、スタヴローギンやGの持続、つまり、彼らの意識の中に記憶として蓄積されているチホンについての情報に過ぎない。言い換えると、そのような情報は、スタヴローギンやGの声に過ぎない。だから、このような情報もまた、主人公の意識から出た声が読者であるわたしたちに投げかける対話なのである。

バフチンがこう述べていたことを思い出してほしい。

> 作者の意識は客体たちの世界をではなく、それぞれの世界を持った他者の意識を反映し、再現する。しかもその本来の**完結不能性**（そこにこそ他者の意識の本質があるのだ）の相において再現するのである。

つまり、スタヴローギンや語り手のGという主人公たちの意識（＝声）として現われる情報もまた「完結不能性」という特徴を帯びた情報なのである。その情報は何を意味するのか分からないまま、小説の中を浮遊する。ドストエフスキーの小説における情報とはこのようなものである。このため、小説のプロット（事実と事実を結びつける因果関係[28]）そのものが完結不能性という特徴を帯びていて、不確定な事実が小説のあちこちに散乱する。要するに、何が伏線なのか分からないまま、さまざまな情報が飛び交う。このため、読者はその散乱した情報を結びつけ、自ら物語を構築して行かなくてはならなくなる。このような事態について、バフチンはこう言う。

実際ドストエフスキーの本質的な対話性は、けっして彼の主人公たちの外面的な、構成的に表現された対話に尽きるものではない。**ポリフォニー小説は全体がまるごと対話的なのである**。小説を構成するすべての要素の間に対話的関係が存在する。すなわちすべてが対位法的に対置されているのである。そもそも対話的関係というものは、ある構成のもとに表現された対話における発言同士の関係よりももっとはるかに広い概念である。それはあらゆる人間の言葉、あらゆる関係、人間の生のあらゆる発露、すなわちおよそ意味と意義を持つすべてのものを貫く、ほとんど普遍的な現象なのである。

ドストエフスキーはあらゆるところに、すなわち意識され意味づけを与えられた人間生活のあらゆる現象のうちに、対話的な関係を聞き分けることができた。すなわち彼にとっては意識の始まるところに対話も始まる。対話的でないのはただ純粋に**機械的な**関係のみであり、ドストエフスキーは人間の生活と行動の理解と解釈にとってのそうした関係の意味を断固拒絶したのである（それは機械的唯物論、流行の生理学趣味、クロード・ベルナール、環境決定論等に対する彼の闘いに現れている）。それゆえに彼の小説においては、その外面と内面の部分や要素の関係すべてが、対話的な性格を持っている。つまり小説全体を彼は《**大きな対話**》として構成したのである。この《大きな対話》の内部では、構成的に表現された主人公たちの対話が、《大きな対話》を照らし出すとともに、凝縮するような形で響いている。そしてついにはこの対話は作品の奥深く浸透してゆく。それは小説の一つ一つの言葉に浸透して、それを複声的なものとし、また主人公たちの

28 E・M・フォースター、『小説とは何か』、米田一彦訳、1975（6版）、pp.108-109

個々の身振りや表情の物真似に浸透して、それをぶつぶつ切れた、ヒステリックなものとするのである。これこそがドストエフスキーの言葉のスタイルの特性を規定する《**ミクロの対話**》である。[29]

バフチンはここでわたしが先に引用し説明したラスコーリニコフの内的モノローグについての叙述を反復しているだけだ。しかし、今、この難解かもしれないバフチンの叙述を平易に理解するため、彼の言う小説の「およそ意味と意義をもつすべてのもの」をラカンの「シニフィアン(意味するもの、あるいは記号表現)」という言葉に置き換えて説明してみよう。ラカンは言語学の創設者であるソシュールの理論を使って自分の理論を構築した精神科医である。ラカンの言う「シニフィアン」とは「シニフィエ(意味されるもの、あるいは記号内容)」を獲得できないもののことだ。

ソシュールの日本への紹介者である丸山圭三郎によれば、ラカンのようにシニフィアンをシニフィエと切り離して用いるのは間違っている。シニフィアンとシニフィエはシーニュ(記号)の誕生とともに生まれ、「互いの存在を前提としてのみ存在する」[30]。たとえば、「水」というシーニュは、「水」という音声を含む表現(シニフィアン)と「水」という内容(シニフィエ)

を互いに前提としている。「水」という記号の表現と内容は一体でなければならない。

たとえば、有名な逸話だが、聴覚と視力を失っていたヘレン・ケラーが子供のとき、彼女の家庭教師だったサリバン先生は、ヘレンの片方の手のひらに、指で「water」と何度も書き、同時にヘレンの別の手に井戸の水を流す。このため、ヘレンの中で、「water」という「シニフィアン（意味するもの）」と実際の水という「シニフィエ（意味されるもの）」がひとつのものとなり、ヘレンは水というものの存在を了解する。ヘレンの場合は聴覚と視力を失っていたので、そのようにして水という存在を了解したのだが、聴覚のある者の場合、「water」という音声が「シニフィアン（意味するもの）」になり、「水」という記号（シーニュ）あるいは言葉における表現と内容が一体となる。

しかし、丸山が同時に指摘しているように、ラカンがわざとシニフィアンとシニフィエを分離し、比喩的に使ったのは、そうすることによってフロイトの精神分析を正確に説明でき

29 ミハイル・バフチン、『ドストエフスキーの詩学』、pp.82-83
30 丸山圭三郎、『生命と過剰』、河出書房新社、1987、p.197
31 丸山圭三郎、p.198

ると考えたからだ。[31] ラカンと同様、わたしもまたバフチンの言うポリフォニー論を正確に説明するため、シニフィアンとシニフィエを切り離し、比喩的に使うのである。

これまで説明してきたことから明らかなように、モノローグ小説ではシニフィアン（意味するもの）がそれに対応するシニフィエ（意味されるもの）を獲得し、小説が完結する。要するに、シーニュ（記号）である伏線の意味内容が確定する。モノローグ小説の作者は登場人物の「人間の内なる人間」を無視し、「彼ら抜きで彼らに総括的な定義を下す」。このため、「水」というシニフィアンが「水」というシニフィエを意味するように、作者によって登場人物のイメージは定義される。これは登場人物以外の小説の伏線も同じだ。伏線もまた作者によってその意味が明らかにされる。また、明らかにされない場合も、明らかにされないという意味を持つように作者は計算する。モノローグ小説の登場人物や伏線はこのようなものだ。

一方、ポリフォニー小説においては、ラカンの言う無意識と同様、シニフィアンはシニフィエを獲得できない。シーニュとしての主人公のイメージや伏線は最終的な意味内容を充当されないまま浮遊し続ける。丸山圭三郎によれば、ラカンのいう無意識の世界とは次のようなものだった。

それでは、シニフィエはどこにあるのか。どこにもない。無意識においては、絶えずシニフィアンに代わるもう一つのシニフィアン、シニフィエの位置に常にずれこむシニフィアンがあるのみであって、シニフィエそれ自身はどこにも存在しない。シニフィエとは、いわば不可知の〈欲望〉であり、〈想像界 l'imaginaire〉以前の〈現実界 le réel〉としての〈外部〉なのだ。[32]

いまラカンの言う「想像界」と「現実界」についての説明を省きながら述べるとすれば、ここでラカンが述べている無意識の世界はそのままポリフォニー小説に当てはまる。そこには「シニフィエの位置に常にずれこむシニフィアン」があるだけで、シニフィエそれ自身はどこにも存在しない。これがポリフォニー小説におけるポリフォニー小説と作者との「大きな対話」なのである。ラカンの師であるフロイトによれば、わたしたちの無意識の世界は、夢や転移などの中で象徴的に表現される。[33] わたしたちがドストエフスキーのポリフォニー小

32 丸山圭三郎、p.199
33 新宮一成・鈴木國文・小川豊昭編、『精神分析を学ぶ人のために』、世界思想社、2004、p.72

説を読んで夢の中の世界にいるように感じるのは、その小説が無意識と同じ構造を持つためだ。

しかし、すでに述べたことをくり返すことになるが、このようなポリフォニー小説の「大きな対話」には作者だけが参加するのではない。言うまでもないことだが、作者とは自分の作品の最初の読者に過ぎない。したがって、当然、その「大きな対話」には最初の読者である作者だけではなく、読者も参加することになる。そして、サルトルなら「アンガージュマン(社会参加)」と呼ぶだろう、この小説の世界の対話へのわたしたちの参加こそが、ドストエフスキーの小説で描かれている持続とともに、わたしたちを彼の小説に惹きつける、もうひとつの理由なのである。言い換えると、ドストエフスキーのポリフォニー小説はわたしたちにその小説に参加する喜びを与えてくれる。また、このため、わたしたちは、たとえば江川卓のようにポリフォニー小説の「謎」を解こうと躍起になる。[34] しかし、そのような謎解きには何の意味もない。なぜなら、くり返すが、わたしたちには流れゆくわたしたちの時間あるいは持続の意味を知ることなどできないからだ。つまり、わたしたちの人生が謎に満ちているように、そのわたしたちの人生を小説の形で反復しているポリフォニー小説も謎に満ちていて、その謎の意味は永遠に解かれることがない。

自尊心の病とモノローグ小説

上下するエレベーター

ところで、わたしはこれまで比喩的にポリフォニー小説の主人公たちをエレベーターの乗員であることは説明したが、そのエレベーターが上下するとはどういうことかについては、まだ説明していない。説明しよう。

今、比喩的に、わたしたちが生きている世界の価値観によって価値ありとされるのがエレベーターで上昇することであり、価値なしとされるのが下降することだとする。たとえば、経済的に豊かになることや、美貌や才能、さらに健康などに恵まれるということが上昇することであり、その逆が下降することである、ということにしよう。

このとき、自らの自尊心の病に気づいていない者に見えるのは、自分より上のエレベーターに乗っている者だけだ。いや、上から降りてくる透明なエレベーターに乗っている者も見えはするのだが、それはすれ違う一瞬のことに過ぎない。アッと思った瞬間、その下りのエレベー

34 江川卓、『謎とき『罪と罰』』、新潮社、1986

ターに乗っている者の姿はわたしたちの視界から消えている。それに対して、自分と同じように昇ってゆく透明なエレベーターに乗っている者の姿は常に見える。

このため、わたしたちが上に昇れば昇るほど、わたしたちに見えるエレベーターは少なくなる。つまり、わたしたちは次第に孤独になってゆく。これが自尊心の病に憑かれている者を待ち受けている運命なのである。

ドストエフスキーの小説、特にシベリアから帰還したあとドストエフスキーが書いた小説には、このような人物が常に登場する。その中でも、すでに述べた『悪霊』のスタヴローギンは自尊心の病そのもののような人物である。彼は裕福な貴族の子弟であり、人並み外れた美貌の持主であり、頑健な身体をもち、健康にも恵まれている。要するに、生まれつき、他人よりも抜きんでて高いところで上下するエレベーターに乗っている人物だ。そして、彼はその自分の自尊心の病に気づいていない。このため、彼は誰よりも孤独なのである。誰もが羨むような彼の容貌や彼の境遇が彼を孤独な存在にする。

ちなみに、英語の「健康（health）」という単語の語源は「全体」を意味する「hale」というアングロ・サクソン語であり、健康であるとは全体であるということなのである。[35]つまり、スタヴローギンのような孤独な人間の生は彼らを不健康、すなわち病に導く。スタヴローギンが狂気に陥ったのはそのためだ。この意味で自尊心の病はそれだけで病そのものなのである。しかし、スタヴローギンが送ったような狂気に満ちた恥多き人生は、スタヴローギンひとりのものではない。その生の持続によって形は違うが、いずれも自尊心の病に憑かれた者すべてが送る恥多き人生なのである。

スタヴローギンのような上ばかり見ている者は、自分より上に行っているエレベーターに乗っている者を追い越すとき、震えるような快感を味わう。なぜなら、それだけが自尊心の病に憑かれたわたしたちの生きがいであるからだ。このため、わたしたちは上昇するためなら何でもするようになる。たとえば、スタヴローギンのように、自分を拘束している、つまり、彼がさらに上に行こうとするのを妨害するこの世の常識あるいは良識を破壊しようとする。そして、その破壊による快感に酔う。

しかし、自らの自尊心の病に気づいていない者が自分より下のエレベーターに乗っている者に追い抜かれるとき、刺されるような悲哀に襲われる。石川啄木が「友がみなわれよりえらく見ゆる日よ花を買ひ来て妻としたしむ」と歌ったように、彼らは悲しみのどん底に突き

---

35 デヴィッド・ボーム、『断片と全体』、佐野正博訳、工作舎、1985、p.17

落とされる。

しかし、なぜわたしたちは自分より上に行っているエレベーターに乗っている者を追い越すとき震えるような快感を味わい、自分より下のエレベーターに乗っている者に追い抜かれるとき痛切な悲哀を味わうのか。その理由をまたもやベルクソンの理論を用いて説明しよう。

ベルクソンは『創造的進化』で、生物の生命活動を次の二種類に分類している。[36]

(1)「目ざめた意識」による生命活動。生の躍動に満ち、与えられた環境をのりこえてゆく、動物に特有の生命活動。
(2)「眠った意識」による生命活動。与えられた環境に寄生し、新しく行動を起こすことなく成長し老いてゆく、植物に特有の生命活動。

ベルクソンによれば、この二つの生命活動をもたない存在、つまり、非生物である物質は自らの状態を反復するだけだ。

動物である人間は、ベルクソンが言うように、動物に特有の生命活動を持つ「与えられた環境をのりこえてゆく」存在である。ここまでがベルクソンの理論である。そして、以下はそのベルクソンの理論からわたしが作りあげた理論である。

わたしたちは動物のこの「与えられた環境をのりこえてゆく」生命活動のことを、「欲望」と呼んでいる。わたしたちが欲望を抱くとは、自分に与えられた既存の事態を乗り越えようとしているということだ。

たとえば、わたしたちは貧しくて生きていくのが困難なとき、その状態から脱しようとする。これが欲望を抱くということだ。人間以外の動物も動物である限り、この欲望を持つ。たとえば、鼠取り器に捕らわれた鼠はその鼠取り器から脱け出そうと必死にもがく。空腹な狐は食べ物を探して山の中を徘徊する。釣り人の釣り針にかかった鰻は針から逃れようと身もだえする。網に捕らえられた蝶は網から逃れようともがく。

しかし、そのような人間以外の動物の持つ欲望はそれ以上には膨れ上がらない。彼らの欲望はもとの欲望のままだ。彼らの欲望は満たされれば、それで収まる。空腹な狐は空腹が満たされれば、それで満足する。

これに対し、人間の持つ欲望はそのままでは収まらず、次第に膨れ上がる。たとえば、人

36 ベルクソン、『創造的進化』、真方敬道訳、岩波文庫、1979、pp.128-145

間は餓死しそうになるほど空腹であるときにはどのような食料にも満足するだろう。しかし、食料が潤沢に与えられるとき、さらに美味である食料を追い求めるようになる。なぜ美味な食料を追い求めるのか。

それは、今食べているものよりも美味なものを知ったからだ。このため、動物であるわたしたちは、自分に与えられた既存の状態を乗りこえようとする。なぜわたしたちは今食べているものより美味なものを知ったのか。偶然、自分でその美味なものを知ることもあるだろう。しかし、わたしたちがその美味なるものを知るのは、多くの場合、他人からだ。誰かが自分の食べているものより美味なものを食べているのを知ったから、それを自分も食べたいと思ったのだ。一方、わたしたちは他人が自分と同じようなものを食べているとき、そう思わない。また、他人が自分より美味なものを食べていることを知らないときも、そう思わない。他人が自分の食べているものより美味なものを食べているとき、また、そのことを知ったとき、他人のそれと同じようなものを食べたいと思う。

このような事態は食欲以外の欲望、たとえば、性欲、美的欲望、知識欲などでも起きる。わたしたちはもっと性的魅力のある性的対象を求め、もっと美しいものを求め、もっと広くて深い知識を求める。このことを逆にいえば、わたしたちは今自分が持っているものより、もっと美味くないもの、もっと美しくないもの、もっと狭くてもっと浅い知識をしりぞけるということだ。わたしたちはそんなものに見向きもしない。

これと同じことが対人関係においても生じる。わたしたちは自分がなりたいと思っている人には憧れるが、そうではない人には憧れない。たとえば、わたしたちは貧しい人や醜い人には憧れない。わたしたちは彼らを無視するだけだ。先の透明なエレベーターの比喩で言うとすれば、彼らは下りのエレベーターに乗っている人々なのである。わたしたちに彼らを無視しないときがあるとすれば、それは彼らがわたしたちの欲望を満たす存在になるときだけだ。

たとえば、他人から自分が、そのように貧しい人や醜い人を大事にできるほど立派な人間だと見られたいと思っているとき、わたしたちはその欲望あるいは虚栄心を満たすため、貧しい人や醜い人を無視せず、援助の手をさしのべたり、同情するふりをする。自分は上昇するエレベーターに乗っているのにもかかわらず、わたしたちはやせがまんをし、下ってゆくエレベーターに乗っている人々に視線を注ぐ。

人間であるわたしたちの欲望は、このように、他者を模倣することによって生じる。もちろん、食欲や性欲のような人間以外の動物にも存在する本能的な欲望は、他者を模倣しなくとも自然に発生する。しかし、その欲望のどこまでが人間にとって本能的なものなのか、どこからが他者の模倣によるものなのかの区別が困難になるほど、人間による他者の模倣は徹底している。このような模倣は人間に近い猿などに少し見られるだけで、人間以外の動物には見られない。つまり、このような人間の欲望は、人間以外の動物が持つ欲望とは質的に異なる欲望だと見なければならない。その人間の持つ欲望を人間以外の動物の持つ欲望と区別して、わたしは自尊心と名づけるのである。

人間の欲望は自尊心の病になる

しかし、人間以外の動物における欲望がなぜ人間では自尊心、つまり、自分をえらいと思う心になるのか。

それは、これもベルクソンが述べているように、人間は人間以外の動物と違って、対象を言語によって等質的に把握する能力を持つからだ。[37] このような能力は、人間が持つような言語能力をもたない他の動物にはない。

たとえば、人間以外の動物の前に羊の群れがいるとしよう。彼らはその羊の群れの一頭ごとをありのままに、つまり質的に把握することができるだけだ。言うまでもないことだが、彼らは人間が持つような言語能力を持たないので、彼らがその羊の群れを言語によって等質的に把握するということはない。ここで言語によって等質的に把握するとは、その羊の群れが共有する特徴、たとえば、毛がふさふさしているとか、短い脚をしているとか、丸い身体をしているとか、独特の声を発するとか……という特徴を言語化し、その特徴を持つ動物の群れを羊と名づけるということである。人間以外の動物に、このようなことはできない。彼らは羊一頭一頭をありのままに、つまり質的に把握できるだけだ。

これに対して、人間は羊の群れを動物として質的に把握できるだけではなく、人間だけが持つ言語によって等質的に把握することができる。この対象を言語によって等質的に把握する人間の能力が、動物の持つ欲望を自尊心に変換する。

たとえば、ある女性がある店の高価なケーキを食べて、「この店のケーキは、これまで食べたケーキの中でいちばん美味い」と思うとしよう。彼女はそのとき、記憶にあるこれまで食べたさまざまなケーキと今食べたケーキの味を比較したのである。つまり、彼女はこれまで食べたケーキの味を質的に、つまり、ありのままに味わうことができただけではなく、その

37 ベルクソン、『時間と自由』、pp.276-285

ありのままの味を比較することができたということだ。なぜ比較できたのか。それは、その味が記憶に残っていたからだ。

以上のことは人間以外の動物、たとえば、狸にも可能だろう。狸もまた、その店のケーキを食べて、「これはこれまで食べたケーキの中でいちばん美味い」と思うだろう。しかし、狸は人間が持つような言語能力を持たないので、お腹をポンと叩くぐらいしかできない。

これに対して、人間には言語能力があるので、そのケーキがこれまで食べたケーキの中でいちばん美味いということを他人に伝えることができる。そして、その言葉が周囲の人々の欲望をかきたてる。なぜなら、人間は動物であり、動物は欲望を持つからだ。そして、動物の欲望とは、ベルクソンを引用しながら述べたように、自分に与えられた状況を乗りこえようとすることであるからだ。この自分に与えられた状況とは、この場合、これまで食べたケーキによってもたらされた経験であり、その経験についての記憶のことだ。わたしたちはその自分の経験の上をゆく経験、たとえば、より美味いケーキを他人が味わったということを言葉によって伝え聞くと、その経験を模倣しようとする。つまり、自分もそのケーキを食べたいと思う。そして、その欲望を言語によって他の人に伝えるとすれば、その欲望はその他の人の欲望もかきたてる。

このため、そのケーキがこれまで食べたケーキの中でいちばん美味いという情報が多数の人々に伝わり、人々がそのケーキを買おうとその店に殺到する。しかし、そのケーキが高価だとすれば、貧しい人々はそれを買うことができない。また、そのケーキの数量に限りがあるとすれば、遅れてその情報に接した人々はそのケーキを買い損ねる。このとき、彼らがケーキの愛好家であるとすれば、彼らはがっかりする。そして、そのケーキを買うことができなかったという点において、自分は買った人々に負けたと思う。この敗退において、彼らの自尊心は傷つくのである。

こんなことを言うと、ケーキぐらいのことで何を大げさなことを言うのか、という人もいるだろう。しかし、それがケーキではなく、性的な対象や大学受験をめぐる競争だとすればどうだろう。自分の望む性的な対象を手に入れることができなかったり、大学受験に失敗したりすれば、その人間の自尊心は傷つくだろう。たとえば、漱石の『こころ』に出てくるKはライバルと一人の女性を争い、敗れ、自殺する。ケーキの問題もこのような事態と同様の、自らの自尊心の尊厳をかけた闘いのひとつなのだ。言い換えると、人間においてある欲望が満たされないということは、自分の自尊心が満たされないということなのであり、人間においてその欲望は自尊心になる。

ルネ・ジラール（1923〜2015）はわたしが以上で述べたような説明をしないまま、そのドストエフスキー論においていきなり「欲望と自尊心は同じもの」と言う。[38]そして、彼は人間の自尊心が模倣の欲望を引き起こすという事実について述べる。ここでジラールの言う模倣の欲望とは、わたしが述べたような、人間の欲望が他者を模倣することによって生まれるということを指している。たとえば、誰かが「この店のケーキはこれまで食べたケーキの中でいちばん美味しい」と言わなかったとすれば、他の人にそのケーキに対する欲望は生まれない。ジラールが言うように、人間の欲望はその大半が模倣の欲望なのである。

しかし、ジラールの言う「欲望と自尊心は同じもの」という言葉を、わたしの言葉で言い直すと、「欲望と自尊心の病は同じもの」なのである。なぜなら、わたしたちが何かの欲望を持つとき、それはすでに自尊心の病になっているからだ。

すでに述べたことから明らかなように、わたしの言う自尊心の病とは自分が自尊心の病に憑かれていることに気づかないまま上昇するエレベーターに乗っている、あるいは乗ろうとしていることだった。なぜわたしたちは自分が自尊心の病に憑かれていることに気づかないのか。それは上昇するエレベーターに乗っている、あるいは乗ろうとするのが、わたしたちの動物としての本能であるからだ。だから、わたしたちは自分が他人より上に行こうとするのを自然なことであると思い、まさか自分が自尊心の病に憑かれているとは思わない。わたしたちはジラールのように自分に自尊心があると思うだけだ。しかし、ジラールのように思うことそれ自体が、自分の自尊心の病に気づいていないということなのである。

わたしたちは自分の自尊心の病に気づかないとき、かならず、罪深い、恥多き人生を送るようになる。また、わたしたちの知能が高いものであればあるほど、その恥多き人生は巧妙に隠蔽される。わたしたちは漱石の『こころ』の語り手である「先生」のように、自分でも気づかないぐらい巧みにそのようなことを行う。つまり、わたしたちは自然に、こっそり、自分に下から追いついてきた人物の乗っているエレベーターから、その人物を蹴落とす。

このような自らの自尊心の病に気づかない人々の偏愛する小説がモノローグ小説なのである。彼らは自分の世界観に合致するモノローグ小説しか認めない。たとえば、三島由紀夫を偏愛する芸術至上主義者は芸術至上主義を否定するモノローグ小説を認めないし、小林多喜二を偏愛するマルクス主義者はマルクス主義を否定するモノローグ小説を認めない。要するに、さまざまな世界観がこの世には存在するが、その世界観によって作られたモノローグ小

38 ルネ・ジラール、『地下室の批評家』、織田年和訳、白水社、1984、p.12

説もこの世には存在するので、自尊心の病に憑かれた人々が読む小説がないといって嘆くことはない。

このようなモノローグ小説しか認めない人々が、『こころ』の「先生」のように、無意識のうちに自分の世界観と対立する世界観を持つ人々に対して暴力的に振る舞っていることは明らかだ。ドストエフスキーは、このようなモノローグ小説を偏愛する人々が作りあげている暴力的な世界を、ラスコーリニコフが見た旋毛虫の夢によって描いている。その夢を紹介しておこう。

旋毛虫と物語の暴力

殺人を犯した『罪と罰』の主人公ラスコーリニコフは、シベリアの監獄で病気になる。そして、こんな夢を見る。

彼は夢を見た。それは、これまで聞いたことも見たこともない何か恐ろしい伝染病のために世界全体が滅んでゆく夢だった。伝染病はアジアの奥地からヨーロッパに広がっていった。数名の、じつに少数の選ばれた人々を除いて、誰もが滅びる運命にあった。新種の旋毛虫のようなものが現れ、この顕微鏡的な存在がヒトの身体に住みついたのである。これは知能と意志を与えられていた。これが身体に入ると、人々はすぐさま何かに憑かれたようになり狂っていった。これまでこの人々ほど、自分が賢明で、真理を把握していると思った者はいなかった。この人々ほど、自分の下す判決が正しく、自分の学問的な結論が正しく、自分の信仰や道徳的な判断が正しいと思った者はいなかった。さまざまな村や町に住む人々、さまざまな民族がその旋毛虫に感染し、狂っていった。誰もが逆上し、お互いを理解することができなくなった。誰もが自分ひとりに真理があると思い、他人を見ては胸を叩き、泣きながら手をもみしだいた。誰も誰をどんな風に裁けばよいのか分からず、誰も何が悪で何が善なのかについて同意することができなかった。誰も、誰に罪があり、誰に罪がないのか分からなかった。人々は意味もない悪意に駆られ、互いに殺しあった。[39]

このラスコーリニコフが夢で見た旋毛虫こそ自尊心の病なのである。

39 拙訳、ナウカ版ドストエフスキー全集（第六巻）、レニングラード、1973、pp.419-420

ドストエフスキーはこのラスコーリニコフの夢と同じ事態について、短編『おかしな人間の夢』や『カラマーゾフの兄弟』の大審問官伝説でも述べているが、この旋毛虫の夢をそのまま小説の形で表現したのがドストエフスキーのポリフォニー小説だ。言いかえると、この旋毛虫を自らの身体に飼う人々が透明なエレベーターに乗って上下する様を忠実に描いたのがポリフォニー小説なのである。したがって、わたしたちはドストエフスキーの作品を読むとき、いつもこの旋毛虫の夢を念頭に置きながら読まなければならない。そうすれば、彼がその作品でわたしたちに伝えようとしたことが明確に分かるようになる。

その明確に分かることとは何か。それは、もちろん、わたしたちが自らの自尊心の病のため、「自分が賢明で、真理をつかんでいる」と考えたり、「自分の下す判決が正しく、自分の学問的な結論が正しく、自分の信仰や道徳的な判断が正しい」と思ったりするということだ。つまり、そう思わせるのは、わたしたちが作りだす「物語」なのであり、その物語に執着させるわたしたちの自尊心だ。そして、そのような自分の自尊心にわたしたちが気づいていないとすれば、それが自尊心の病なのである。したがって、バフチンの言うモノローグ小説を偏愛する人々もそのような自尊心の病に憑かれた人々だ。もう少し詳しく説明しよう。

いまE・M・フォースターにならって、物語を「ストーリー」(事実)とプロット(事実と事実を結びつける因果関係）からなる言葉の連なりだと定義すれば、[40]わたしたちは自分や他人がつくったある物語に執着することによって、ある「判決」、「結論」、「判断」などに達する。要するに、その物語によって語られている内容、つまり、その物語による判決、結論、判断を正しいと思い、それ以外の物語による判決、結論、判断を間違っていると見なし、それに反対し、それを排除する。そして、自分をその間違った物語に執着している人々よりえらいと思う。このとき、わたしの言う「物語の暴力」が発生する。こうして彼らの自尊心は傷つかず、守られる。

　わたしたちがこんな風にある物語に執着するのは、わたしたちがそんな風に執着する自分の自尊心に気づいていない、つまり、わたしたちが自尊心の病に憑かれているからだ。言い換えると、ある物語に執着すること自体、わたしたちが自尊心の病に憑かれていることを表している。

　わたしたちがその物語に執着する自分に気づくことができるのなら、わたしたちはすでに自らの自尊心の病に気づき、その病から癒えたといえるのだが、わたしたちにとって、その

40 E・M・フォースター、p.108

ようなことは不可能に近い。このことはさまざまな物語によって支配されているこの世界を見れば明らかだろう。

なぜ、わたしたちにとって自尊心の病に気づくのが難しいのか。それはすでに述べたように、わたしたちが動物であるからだ。動物であるわたしたちは本能的に他人より一枚上を行きたいと思う。このため、わたしたちは自分が偏愛する物語を放棄することができない。バフチンの言うモノローグ小説がこのような物語に属するものであることは明らかだ。繰り返しになるが、たとえば、芸術至上主義によって書かれたモノローグ小説をマルクス主義者は受け入れないし、マルクス主義によって書かれたモノローグ小説を芸術至上主義者は受け入れない。

動物であるわたしたちが自分の自尊心の病に気づくのはきわめて難しいが、しかし、まったく不可能というわけではない。

なるほど、ベルクソンが言うように、人間の生命活動とは、「目ざめた意識」による生命活動であり、生の躍動に満ち、与えられた環境を乗り越えてゆく、動物に特有の生命活動であった。つまり、すでに述べたように、わたしたちは動物のこの「与えられた環境を乗り越えてゆく」生命活動のことを「欲望」と呼び、その動物の欲望は人間において自尊心というものになる。このため、わたしたちが自分の自尊心に気づくのは難しい。そして、自分の自尊心を自然なまま放置する。これがわたしの言う自尊心の病というものだった。つまり、人間にとって自尊心の病は本能的なものであるので、わたしたちが自分の憑かれている自尊心の病に気づくことは、余程のことがない限り、不可能に近い。

しかし、その余程のことが起きるとき、わたしたちは自分の自尊心の病に気づくことができる。その余程のこととは、自分の自尊心がぺちゃんこになり、それ以上生きることができなくなるということだ。

くり返すが、わたしたちの自尊心とはわたしたちの欲望のことだった。つまり、それは人間もその一員である動物特有の生命活動のことだった。したがって、その自尊心がぺちゃんこになるとは、わたしたちの動物としての生命活動が危機に瀕するということに他ならない。

このような危機から脱するためにどうすればいいのか。それはもちろん、ぺちゃんこになった自分の自尊心を元通りに戻すことだ。そうすれば、再び生きてゆくことが可能になる。しかし、以前と同じような恥多き人生を反復するだけでは、自尊心は、また、ぺちゃんこになるだろう。自分が恥多き人生を送っていたから、自尊心がぺちゃんこになったのだ。だから、恥多き人生を送らなければ、わたしたちの自尊心は回復し、わたしたちは再び生きることができるようになる。そのためにはどうすればいいのか。

それは自分が自分の自尊心の動きに気づかず、その自尊心に翻弄されていたということに気づくことだ。それが自尊心の病に気づくということなのである。しかし、それは動物であるわたしたちにはほとんど不可能に近い。このため、わたしのように三十歳を過ぎるまで、自分の自尊心の病に気づかない人間もいるだろうし、死ぬまで、そのことに気づかない者もいるだろう。しかし、自分が上昇するエレベーターに乗っていることに気づかない者は、ドストエフスキーの小説、特にドストエフスキーがシベリアから帰還したあと書いた小説が分からなくなる。

なぜなら、くり返しになるが、ドストエフスキーはのちにラスコーリニコフの旋毛虫の夢で描いたように、自分もシベリアの監獄で自分の自尊心の病に気づいたからだ。言い換えると、ドストエフスキーは、シベリアの監獄で自分が上昇するエレベーターに乗っていることに気づいたからだ。このため、シベリアからペテルブルクに帰還したあと彼が書いた小説では自尊心の病が一貫したテーマになる。したがって、自分の自尊心の病に気づかない読者は、シベリアから帰還したあとドストエフスキーが書いた小説が理解できなくなる。次章ではこのことについて述べよう。

ドストエフスキーの回心

二人のドストエフスキー

自分が昇ってゆくエレベーターに無意識のまま乗ってしまっていること、すなわち、自分が自尊心の病に憑かれていることに気づくとは、回心に向かう運動が開始されるということだ。心理学者のW・ジェームズ（1841〜1910）によれば、回心とは「二度生まれ」という、新しい自分に生まれ変わるという事態をわたしたちに引き起こす精神の変容のことだ。[41]

なぜわたしたちは自分が自尊心の病に憑かれていることに気づくと、回心に向かう運動を開始するのか。それは、自分の自尊心の病に気づくとは、もはや自尊心の病に気づく以前の恥多き人生に戻れないということを意味しているからだ。

しかし、それはもはや恥多き人生を送ることがないということではない。すでに述べたように、わたしたちは自分が動物であることから逃れることができない。このため、わたした

41 W・ジェームズ、『宗教的経験の諸相（上）』、桝田啓三郎訳、岩波文庫、1972、p.124

ちは自分が自尊心の病に憑かれていることに気づいていても、自尊心の病から逃れることはできない。わたしたちは動物であるので恥多き人生を送る運命にある。だから、わたしたちは自分の自尊心の病に気づいたとしても、他人の上を行こうという心の動きを止めることはできない。したがって、自らの自尊心の病に気づいたあとのわたしたちの人生もまた、恥多き人生なのである。

つまり、自分の自尊心の病に気づくとは、恥多き人生から逃れられない自分を意識し、常に不安につきまとわれているということである。この不安はわたしたちがもう恥多き人生に戻ることはないと確信できるまで収束することはない。しかし、そのような確信が動物であるわたしたちに訪れることは永遠にない。わたしたちにとって回心というものはない。わたしたちに可能なのは回心に向かう運動だけであり、その一瞬一瞬の運動によって生まれる、もう自分は無意識のまま恥多き人生を送ることはしないという決意を持つことだけだ。そして、そのような恥多き人生は、自らの自尊心の病に気づかず送っていた恥多き人生とは質的に異なったものになる。

そうではあるが、わたしたちには自らの自尊心の病に気づいたあとの、自分の送っている恥多き人生がどのようなものか分からない。なぜなら、わたしたちには自分が分からないからだ。ベルクソンの言う持続を生きているわたしたちには自分が見えない。言い換えると、生きている自分自身をわたしたちは見ることができない。川の流れを手に掬《すく》うことができないように、わたしたちは絶えず流れている自分の持続を見ることはできない。[42]

つまり、持続の中で生きているわたしたちにとって、ジェームズの言うような「二度生まれ」というような静的な事態はない。科学者のジェームズは、すべてを静的に理解しようとする科学者がしばしば犯すような間違いを犯しただけだ。わたしたちが回心し生まれ変わるということはない。あるのは、回心し生まれ変わろうとするわたしたちの運動と決意だけであり、そのような運動と決意の持続の中で生きるということだけなのである。

ドストエフスキーにおいて、そのような回心に向かう運動がシベリアで始まったことは明らかだろう。なぜなら、先に述べたように、ドストエフスキーがシベリアから帰還して書いた小説とシベリアに送られる前に書いた小説では、自尊心の病の扱い方がまったく異なったものになるからだ。

たとえば、ドストエフスキーがシベリアから帰還して書いた『スチェパンチコヴォ村とそ

42 詳しくは、拙稿、「非暴力を実現するために」、『人間科学：大阪府立大学紀要 1』所収、2005、pp.44-47

の住人』では、自尊心の病そのものが小説のテーマになっている。『スチェパンチコヴォ村とその住人』は、トゥイニャーノフの言うようなゴーゴリ批判の作品であるというより、ゴーゴリを通して自らの自尊心の病を批判する作品なのである。なぜそう断言できるのかといえば、ドストエフスキーはマイコフ宛の１８５６年1月18日付けの書簡で、『スチェパンチコヴォ村とその住人』の主人公であるフォマー・オピースキンを指して、「この主人公は小生と近親関係にあります」と書いているからだ。[43]『スチェパンチコヴォ村とその住人』ほど明瞭ではないが、これと同じことが、ドストエフスキーがシベリアの監獄から出てきて書かれた『おじさんの夢』や『虐げられた人々』についてもいえる。そこで描かれている自尊心の病に憑かれた主人公たちは、ドストエフスキーの分身なのである。ドストエフスキーはその分身を通して、自らの自尊心の病を批判している。

一方、ドストエフスキーがシベリアに送られる以前に書いた小説、つまり、最初の『貧しき人々』から彼が逮捕されたため中断せざるを得なくなった『ニェートチカ・ニェズヴァーノヴァ』に至るまで、なるほど、次々に自尊心の病に憑かれた主人公は登場する。しかし、そこで自尊心の病そのものが批判されることはない。つまり、彼らは自尊心の病に憑かれたドストエフスキーの分身ではない。彼らをドストエフスキーは他人事として描いているのである。

このことは、逮捕されシベリアに送られるまでのドストエフスキーが、自らの自尊心の病を意識しないまま恥多き人生を送っていたことを意味している。たとえば、マーク・スローニムによれば、ドストエフスキーはシベリアの監獄に送られるまで、その性欲をペテルブルグの娼婦たちによって解消しながら自堕落な生活を送っていた。[44] スローニムのこの推測が正確なものか否かは分からない。しかし、ドストエフスキーが彼の推測に近い生活を送っていたことは確かだろうと思う。

いずれにせよ、ドストエフスキーはシベリアに送られて初めて、自らの自尊心の病に真剣に向き合ったのではないのか、このため、それ以降ドストエフスキーの小説で自尊心の病が問題になるのではないのか、とわたしは推測する。そう推測するのは、作者の経験はかならずその作品の中で反復されるからだ。特に、回心に向かう運動、つまり、自らの自尊心の病に気づくというような作者の生活そのものを根底から覆すような経験が作品に影響を与えな

43『ドストエフスキー全集15』、小沼文彦訳、1972、p.241
44マーク・スローニム、『ドストエーフスキイの三つの恋』、池田健太郎訳、角川書店、1953、p.34

いはずがないからだ。

もっとも、わたし自身のことを言えば、わたしは三十過ぎに自分の自尊心の病に気づいたあとも、以上のことに気づかなかった。そのため、『地下室の手記』でドストエフスキーは大きく変わった、つまり回心への運動を開始したというジラールのドストエフスキー論を、[45]わたしはそのまま受け入れていた。しかし、わたしは五十歳を過ぎて先に紹介した『カラマーゾフの兄弟』のリーザの言葉を目にしたとき、ドストエフスキーが回心への運動を開始したのは彼がシベリアに送られてからではないかと思うようになった。[46]そう思った第一の理由は、今述べたように、ドストエフスキーの小説がシベリアに送られる以前と以後で大きく変わったということだが、それ以外にもわたしにそう確信させた理由がある。

その理由とは、シベリアの監獄から出たばかりのドストエフスキーが、一八五四年、フォン＝ヴィージン夫人に宛てた手紙だ。フォン＝ヴィージン夫人とは、一八五〇年初頭、ドストエフスキーがペトラシェフスキー事件のためにシベリアの監獄に移送される途中、彼に福音書を渡したデカブリストの妻たちの一人である。その夫人に宛てた手紙でドストエフスキーは次のように言う。

私はなにかを期待しているような妙な気持です。私は、なんだか、今でもまだ病気のようです。そして近いうちに、それもきわめて近いうちに、私の身の上になにか非常に決定的な事件が起こるにちがいないというような気がします。私の全生涯での危機へ向かって近づきつつあるような、なんとなくなにかのために成熟[47]したような、そしてきっとなにかが起こりそうな気がしてなりません。ひょっとするとそれはおだやかで明るいなにかかもしれませんが、あるいはもっと恐ろしいなにかかもしれません、だがいずれにしてもそれは避けられないものなのです。それでなければ私の一生は失敗に終わった一生になってしまいます。しかし、もしかするとそれもこれもみんな私の病的なうわごとなのかもしれません。[48]

45 ルネ・ジラール、『地下室の批評家』、p.11
46 論拠は不明だが、本間三郎もわたしと同様のことを述べている（本間三郎、『「死の家の記録」について――ドストエーフスキー雑感』、私家版、1968、p.165)。
47 小林秀雄はこの「成熟」という言葉を、なぜか「化膿」と誤って訳した訳文を引用しながら議論を展開している。このため、小林の議論が無意味なものになっている。(『「白痴」についてⅠ』、『新訂小林秀雄全集第六巻』、新潮社、1978、p.81)

ここで彼が述べている「決定的な事件」とは回心への運動を開始するということではないのか、と、わたしは思った。なぜなら、その手紙でドストエフスキーは次のようにも述べているからだ。

……誰かが私にキリストは真理の外にあると証明してくれたとしても、また実際に真理はキリストの外にあるものだとしても、私は真理とともにあるよりは、むしろキリストとともにあることを望むことでしょう。[49]

ここでドストエフスキーがキリストを手本にして生きようという決意を述べているのは明らかだろう。この「キリストとともにある」とは、わたしの言葉で言い換えると、キリストとともに下ってゆくエレベーターに乗ろうということだ。

もっとも、ドストエフスキーのこの言葉を一時の熱に浮かされた軽薄な言葉と解することも可能だろう。なぜなら、「キリストとともにある」のは、わたしたちにとって不可能なことであるからだ。それは動物としてのわたしたちの本性に反する。動物であるわたしたちは、その本性によって、常に昇りのエレベーターに乗ろうとするし、すでに乗っているのである。したがって、キリストとともに下りのエレベーターに乗るということは、自らが動物であることを止める、つまり死ぬということだ。

シモーヌ・ヴェイユが言うように、キリストのように振る舞うこととは人間の本性に反して振る舞うことであり、それは「超自然的なものとのかかわり」なのである。[50] また、ニーチェが言うように、本当のキリスト教徒はキリストだけなのである。[51] 動物であるわたしたちにとって、キリストのように振る舞うことが実現不可能な振る舞いであることは明らかだろう。また、キェルケゴールが言うように、人間には「キリスト教的なるものを理解すること」は不可能である。[52] しかし、ドストエフスキーはここでキリストを真似、その不可能な振る舞いをしようというのである。

48『ドストエフスキー全集15』、小沼文彦訳、筑摩書房、1972、p.195
49『ドストエフスキー全集15』、小沼文彦訳、筑摩書房、1972、p.196
50 シモーヌ・ヴェイユ、『重力と恩寵』、田辺保訳、講談社文庫、1974、p.25
51『アンチクリスト』、『ニーチェ全集第四巻（第Ⅱ期）』所収、西尾幹二訳、白水社、1987、pp.222-223

ドストエフスキーのその言葉を前にして、わたしたちは、これは果たして彼の真実の言葉であるのか、それとも、一時の激情に駆られた浮薄なたわごとに過ぎないのか、と判断に迷う。しかし、その後のドストエフスキーの変貌を知れば、それがたわごとではなく真実の言葉であったということが分かるのである。

つまり、シベリアの監獄に送られる以前、ドストエフスキーは幼児洗礼を受けたキリスト者として、習慣としてキリストを信仰していたのだが、シベリアの監獄で、その形式的な信仰が形式的な信仰ではなくなる。すなわち、ドストエフスキーはペトラシェシェフスキー事件に関与し死刑の宣告を受け、その刑を減刑され死を免れ、さらにシベリアの監獄で暮らしていたとき、彼は初めて自らの自尊心の病に気づき、自らの意志でキリスト者になろうとした。わたしはそう推測する。つまり、私見によれば、シベリアの監獄を挟んで、質的に根本的に異なった二つの生を生きる二人のドストエフスキーが存在することになり、その二人のドストエフスキーがそれぞれ根本的に質的に異なった二種類の小説を書いているのである。

わたしが以上のようなことを言うと、それは事態を大げさに捉え過ぎだと言う人が現れるだろう。しかし、わたしは事態を大げさに捉えているのではない。なぜなら、次に述べるように、シベリアの監獄でドストエフスキーの回心への運動が開始されたことは、すでにシベリアからペテルブルグに帰還してすぐ書かれた『死の家の記録』に明らかであるからだ。

『死の家の記録』とシェストフたち

しかし、かつてそのドストエフスキー論で有名になった思想家、レフ・シェストフ（1866～1938）のように、シベリアの監獄でドストエフスキーが回心への運動を開始したことを否定する人もいる。そんなことになるのは、彼らが自尊心の病に憑かれている自分に気づかず、無意識のまま恥多き人生を送っているからだ。若い頃のわたしがそうだったように、シェストフのような人は多い。だから、ここで、シェストフが『死の家の記録』をどんな風に見ていたのかということについて触れておかなければならない。

シェストフのドストエフスキー論である『悲劇の哲学』には、その日本への紹介者である河上徹太郎やその友人の小林秀雄を始めとして[53]、多くの人から好意的な眼差しが注がれてきた。しかし、誤解を恐れずあえて言うならば、『悲劇の哲学』はドストエフスキーに無知な人々を増やすだけの悪書だろう。

52 キェルケゴール、『死に至る病』、斎藤信治訳、岩波文庫、1996、p.155

今、シェストフのドストエフスキー論を悪書として批判しない小林秀雄や河上徹太郎のようなシェストフの同調者たち、さらに三十歳頃までのわたしのような人間を、「シェストフたち」と呼ぶことにしよう。この今もドストエフスキーの読者の大半を占めているかもしれないドストエフスキーの読者、つまり、シェストフたちに、ドストエフスキーは分からない。彼らには自分が自尊心の病に憑かれているということが分からないので、ドストエフスキーも分からない。

もっとも、わたしは『悲劇の哲学』のすべてが無意味だと言うつもりはない。たとえば、シェストフは「ドストエフスキーの感覚がトルストイ伯の愛読者のそれより上等のものであったことは疑いない」[54]と言う。わたしはシェストフの、ドストエフスキーがカントの言う「物自体」の哲学を小説のかたちで表したトルストイよりもずっと先を進んでいたという説には賛成する。

シェストフによれば、トルストイは「不安な人生問題は悉《ことごと》く何らかの方法で認識不能の領域(「物自体」の領域：著者註)に移さねばならぬ」[55]と考えている点で凡庸だった。つまり、人間の精神が持つ解決不能な問題をトルストイは避けた。これに対して、ドストエフスキーがそのような問題を避けることはなかった。だから、ドストエフスキーの方がトルストイより人間認識の点で先に進んでいた、というシェストフの考えにわたしは賛成する。つまり、シェストフによれば、トルストイが「不安な人生問題」に覆いをかけて、うやむやにしてしまったのとは逆に、ドストエフスキーは「不安な人生問題」を明らかにし、それを徹底的に問い詰めた。わたしはこのようなシェストフの意見には賛成する。

しかし、わたしがシェストフに賛成するのはここまでである。彼はそのあと決定的に間違う。なぜ間違ったのか。それは、くり返すが、シェストフが自らの自尊心の病に気づかず恥多き人生を送っていたからだ。といっても、わたしはシェストフがどんな人生を送っていたのかは知らない。また、シェストフのすべての著作に眼を通したわけでもない。ただ、彼の次のような間違いから、彼がそのような人生を送っていただろうと推測するだけだ。

たとえば、シェストフは『死の家の記録』の次の最後の一節を引用する。（太字の箇所はシェ

---

53 シェストフ、『悲劇の哲学』、河上徹太郎・阿部六郎訳、新潮文庫、1956、二刷、p.280（あとがき）
54 シェストフ、『悲劇の哲学』、近田友一訳、現代思潮社、1976、p.80:Л.И.Шестов, Достоевский и Нитше, YMCA-PRESS,1971, стр .80
55 シェストフ、p.76

ストフ自身が引用のさい強調した箇所である）

「どれほどの若さがこの壁の中で徒に埋められたことであろう。どれほどの偉大な力がここで空しく亡び去ったことであろう！　本当に何もかも言っておかねばならぬ。これらの人々は並々ならぬ人たちであった。それはおそらく、わが国のすべての人々の中で**最も才幹のある**、**最も力強い者たち**なのである。それなのに、その強い力が徒《いたずら》に滅びてしまったのだ。アブノーマルに、不法に、とり返すすべもなく滅びてしまったのだ」……

『死の家の記録』の語り手のこの言葉に対して、シェストフはこう言う。

ロシアの人間でこのくだりを空で知っていない者がいるであろうか？　それに、この小説はその名声の半分をこの文句に負っているのではなかろうか？　つまり、ドストエフスキーはこの醜悪な、厭《いと》うべき思想を巧みに着飾らせることが出来たのだ。いかにして？　最高のロシア人は牢獄にいるのであろうか？　最も天分ある、最も力強い、並々ならぬ人間、それは――人殺し、泥棒、放火魔、強盗なのであろうか？　そしてそう言う当人は何者なのか？ ベリンスキー、ネクラーソフ、ツルゲーネフ、グリゴローヴィッチと――今日に至るまでロシアの精華、誇りとみなされていた人々すべてと一緒に暮らしていた人間なのである！ しかも彼らより死の家の烙印を捺された住人たちを選ぼうというのであろうか？ これは――狂気の沙汰ではないか。[56]

ここでシェストフは、ベリンスキーたちがシベリアの監獄にいる強盗たちより劣っているという『死の家の記録』の語り手、つまり、ドストエフスキーに抗議している。つまり、シベリアの監獄にいた犯罪者たちが「わが国のすべての人々の中で最も才幹のある、最も力強い者たち」であるという言葉を、「狂気の沙汰」であると言う。そのような犯罪者たちは決して「わが国のすべての人々の中で最も才幹のある、最も力強い者たち」ではなく、そう言われるのに値するのは「ベリンスキー、ネクラーソフ、ツルゲーネフ、グリゴローヴィッチと――今日に至るまでロシアの精華、誇りとみなされていた人々すべて」だと言う。一見、こ

56 シェストフ、pp.101-102(邦訳の傍点部を太字にした。また、邦訳では傍点を付す箇所が間違っていたので、それを訂正した。)

れはいたって常識的で穏当な意見であるように思われるだろう。しかし、このようなシェストフの読み方こそ狂気の沙汰なのである。

なるほど、『死の家の記録』のその箇所を文字通りに読めば、シェストフのように読むこともできる。しかし、それは余りにも愚かな読み方であり、人間を知らない子供が口にするような読み方だ。もっとも、子供がそんなことを言うのなら、誰も本気にしないが、シェストフのような有名な思想家がそんなことを言えば信じる人が現れる。

ドストエフスキーはシェストフの言うような意味で『死の家の記録』の語り手に語らせたのではない。『死の家の記録』のその文章の意味は明らかだ。ドストエフスキーはそこでその文章の表面的な意味とはまったく異なることを述べている。その異なることとは、のちに兄と発行することになる雑誌のスローガンとして唱えた「土壌主義」のことだ。[57]

詳しい説明は省くが、すでに『貧しき人々』に見られるように、ドストエフスキーの土壌主義というものはシベリアに送られる以前から彼がぼんやりと抱いていた思想だろう。それがシベリアの監獄で明確なものになり、彼のその後の人生をつらぬく思想になる。いや、これは彼の思想というより、彼の生きる姿勢ともいうべきものだ。彼の土壌主義はしばしば保守イデオロギーのように誤解されるが、それはイデオロギーとは対極にある、脱イデオロギーとも言える思想のことであり、先に述べた透明なエレベーターで、昇って行こうとする動物としての自分の本性にあらがい、下ってゆく人々のそばにいるということだ。もう少し詳しく説明しよう。

土壌主義

ドストエフスキーは1873年10月の『作家の日記』（「現代的欺瞞のひとつ」）で、自分の土壌主義が決定的なものになったのがシベリアでの監獄生活であることを述べている。ところが、シェストフは同じ『悲劇の哲学』でそれを引用しながら、再び間違う。シェストフのような自分の自尊心の病に気づかない者には、ドストエフスキーのいう土壌主義が昇りのエレベーターから降りるということであることが分からない。そのドストエフスキーの『作家の日記』を引用しながら、シェストフはこう言う。

57「雑誌「時代」予約購読者募集広告」、『ドストエフスキー全集20A』所収、小沼文彦訳、筑摩書房、1981、pp.44-49

「……別の何物かがわれわれの心情を一変させたのだ。この別のものというのは、民衆とのじかの接触であり、共通の不幸の中における彼らとの兄弟のような結びつきであり、自分自身民衆と同じようになってしまった――彼らと同等に、否、その一番低い段階と比べられるところにまでおちてしまったという思いである」

それにしても一体、この**民衆**とはいかなるものか――ドストエフスキーが共に生活した人々とは？　それは囚人であり、それは民衆が自分たちから放逐している輩である。彼らと生活することは民衆と親密になることでも、接触することでもなく、つねに外国暮らしをしてわが国を留守にしている者も誰一人として及ばないほど民衆から遠く隔たるということなのだ。[58]

これほど愚かな文章は珍しい。

よく知られているように、ドストエフスキーは「われわれ」、つまり、ペトラシェシェフスキー会のメンバーとともに宣告された銃殺刑が実行される直前、それを皇帝の恩赦によって免じられ、シベリアの監獄に送られた。そして、その監獄の囚人たちと暮らすことになった。それがドストエフスキーの言う「民衆とのじかの接触」であり、このため、ドストエフスキーはペトラシェシェフスキー会のメンバーとともに、その民衆の「一番低い段階」、つまり、殺人犯や強盗犯などの犯罪者に「比べられるところまでおちてしまったという思い」を抱いたのだ。これはその殺人犯や強盗犯たちとともに、透明なエレベーターの「一番低い段階」まで落ちてしまったということだ。そして、彼はその彼らと「兄弟のような結びつき」を持ったという。ところが、シェストフにはドストエフスキーの言うこの「兄弟のような結びつき」という言葉の意味が分からない。

ドストエフスキーが先の『作家の日記』の9カ月前の『作家の日記』(「環境」)に書いているように、ロシアの民衆は、シェストフが言うように、監獄にいる囚人を「自分たちから放逐」したのではない。ドストエフスキーによれば、民衆は自分たちを囚人と区別しない。なぜなら、民衆は犯罪者たちを「不幸な人たち」と呼ぶからだ。なぜ、そう呼ぶのか。その理由について、ドストエフスキーはその『作家の日記』でこう述べている。

簡単に言えば、この「不幸な」という言葉によって民衆は「不幸な人たち」につぎの

---

58 シェストフ、pp.103-104

ように語りかけているように思われる。――「お前さんたちは罪をおかして苦しんでいる。しかしわれわれだってやはり罪がないとは言えないのだ。もしわれわれがお前さんたちの立場に置かれたら、――ことによると、もっと悪いことをやってのけたかもしれないのだからな。われわれがもうすこしましな人間であったなら、あるいは、お前さんたちも監獄へ送られるような悪いことはしないですんだかもしれないのだ。自分がおかした犯罪の報いで、そしてまた世間一般の無法状態のおかげで、お前さんたちはこの重荷を背負うことになった。どうかわれわれのことを神様に祈ってくれないか、われわれもお前さんたちのことを祈ってあげるから。(略)[59]」

ロシアの民衆は犯罪者を自分たちから放逐していない。放逐しないどころか、民衆は犯罪者を自分たちの犯した罪の犠牲者であり、したがって、運の悪い人々、すなわち、「不幸な人たち」と見なしている。そして、ドストエフスキーもこのシベリアの監獄で民衆のような見方を犯罪者に対して行うようになる。それが彼の言う「兄弟のような結びつき」という言葉の意味だ。これをわたしの言葉で言い換えると、ドストエフスキーは民衆と同じ位置に立つ、つまり、昇りのエレベーターから降りて、民衆とともに、下りのエレベーターに乗ったということだ。そして、この民衆と同じエレベーターに乗るということがドストエフスキーの言う土壌主義なのである。したがって、この土壌主義が分からないということはシベリアの監獄に収監されたあとのドストエフスキーがまったく分からないということになり、それは、シベリアから帰還したあとドストエフスキーが書いた小説すべてを理解することができないということを意味している。

ドストエフスキーは、シェストフが言うように、シベリアの監獄にいる犯罪者たちが、ベリンスキー、ネクラーソフ、ツルゲーネフ、グリゴローヴィッチなどより優れていると述べているのではない。ドストエフスキーは、その犯罪者たちはきわめて「才幹のある」「力強い」人間だったのに、その能力を発揮することができないままシベリアの監獄の中で滅びていった、と嘆いているだけなのである。

シェストフはそのようなドストエフスキーを理解することができず、ドストエフスキーを間違っていると非難した。なるほど、シェストフのような、こんな風にあからさまにドストエフスキーに対する無知を明らかにしてしまう思想家は珍しいのかもしれない。しかし、若

59『ドストエフスキー全集12』所収、小沼文彦訳、筑摩書房、1976、p.20

い頃の小林秀雄や河上徹太郎、さらに、若い頃のわたしのように、そのようなシェストフに共感することによって、間接的にドストエフスキーに対する無知を明らかにしてしまう人ならたくさんいる。

彼らはシェストフと同じように自分が自尊心の病に囚われていることに気づかないので、ドストエフスキーが民衆とともに下りのエレベーターに乗っていることにも気づかない。このため、シェストフたちはドストエフスキーの小説の内容だけではなく、その構造も理解できない。ここで言うドストエフスキーの小説の内容とは、自尊心の病をテーマにした小説のことであり、その構造とは、すでに述べたように、透明なエレベーターのような、ポリフォニー小説の構造のことだ。

もっとも、自らの自尊心の病に気づいていなくとも、わたしがこれまで述べてきたポリフォニー小説の構造そのものは了解できるかもしれない。しかし、それはあくまで知的な了解にとどまるので、彼らにはそのポリフォニー小説の内容は了解できない。彼らがポリフォニー小説の内容を知的な回路を通らず了解できるようになるためには、シベリアの監獄でドストエフスキーが始めたような回心への運動を開始しなければならない。

その運動とはどのようなものか。その運動が、わたしたちの自尊心が徹底的にぺちゃんこになるとき開始されるということについては、すでに述べた。また、それがわたしたちが自らの死に接近するとき初めて開始される運動であることについても述べた。しかし、それはわたしの抽象的な説明に過ぎない。そのわたしの抽象的な説明を具体的に例示してくれるのが、『地下室の手記』以降の小説群に登場する主人公たちなのである。そして、そのような主人公たちの原型ともいうべき人物が福音書におけるペトロなのである。もちろん、ペトロに似た人物が登場する物語は無数に挙げることができるが、ペトロの物語が回心への運動が開始される直前のわたしたちの状態を最も正確に描いた物語のひとつであることは明らかだろう。なぜ、そう断定できるのか。それは、詳しくはあとで述べることになるが、ドストエフスキーの『地下室の手記』以降の小説群に登場する主人公たちがペトロと同じような経験をするからだ。また、それがペトロと同じような経験だとわたしが思うのは、私自身がペトロと同じような経験をしたからだ。

しかし、なぜ、わたしたちは回心への運動を開始するとき、ペトロと同じような振る舞いを反復するのか。それは、わたしたちが動物であるからだ。動物であるので、わたしたちが回心への運動を始めるとき、それは類似のものにならざるを得ない。このことについてもう少し詳しく述べよう。

ペトロの恥多き人生

これは何度でも言うが、動物であるわたしたちにとって、自分の自尊心の病に気づくのは難事業である。動物であるわたしたちは無意識のまま、昇ってゆくエレベーターに乗っている。わたしたちにとって、それはきわめて自然なことである。その自然な状態にある自分に疑問を持つということは、動物であるわたしたちにはきわめて難しい。特に動物としてのエネルギーに満ちあふれている若い頃には不可能なことかもしれない。若い頃の小林秀雄や河上徹太郎、それにわたしは、自分の自尊心の病に気づくことができなかった。

しかし、それでは自分を取り巻いている世界が見えない。つまり、透明なエレベーターに乗って上下している人々の姿が見えなくなる。動物としてのエネルギーに満ちあふれている者に見えるのは、自分より上を行く人々だけだ。しかし、ドストエフスキーのポリフォニー小説は透明なエレベーターに乗って上下している人々全体を描いている。だから、自分の自尊心の病に気づいていない動物的な人々には、ドストエフスキーのポリフォニー小説は分からない。つまり、ポリフォニー小説がなぜそんなポリフォニックな構造を持つのか分からないし、そのポリフォニー小説によってドストエフスキーが伝えようとしている内容も分からない。

では、どんな風にすれば、わたしたちは自分の自尊心の病に気づくことができるのか。この問いに対する答について、わたしは自分を例に挙げて、すでに答えた。つまり、自分の肥大した自尊心がぺちゃんこになれば自分の自尊心の病に気づくことができる。では、どうすれば、肥大した自尊心はぺちゃんこになるのか。この問いに答えることはできない。なぜなら、わたしたちの持続がそれぞれ異なるように、肥大した自尊心がぺちゃんこになるその過程も異なるからだ。しかし、はっきり言えるのは、もはや肥大した自尊心を抱えたままでは生きてゆくことができないと思うとき、わたしたちのその肥大した自尊心はぺちゃんこになる。その典型的な例のひとつがペトロの物語なのである。

そのペトロの物語とは次のようなものだ。

イエスはあるとき、自分が処刑される運命にあることに気づき、弟子たちにこう言う。「今夜、あなたがたは皆わたしにつまずくであろう。『わたしは羊飼いを打つ。そして、羊の群れは散らされるであろう』と書いてあるからである。[60]」つまり、イエスは、今夜自分はローマ帝国の役人たちに逮捕され死刑になるだろう、そして、羊であるお前たちはそのような羊飼いであるわたしを見捨てて逃げ出すだろう、と言う。

ここで弟子たちがイエスに「つまずく」というのは、イエス自身が「つまずきの石」になり、弟子たちの信仰の試金石になるということなのである。「つまずきの石」とは、パウロの「ローマ人への手紙」にもあるように、神への信仰がない者が必ずつまずく石のことだ。[61] つまり、イエスが言いたいことは、自分が逮捕されるとき、弟子たちの自尊心の病が明らかになり、イエスを裏切るだろうということだ。これは、自らの自尊心の病に気づくことができない者は、イエスが人を神に仲介するということを信じることができず、無の中で滅びてゆくだろうということだ。

しかし、弟子たちには、イエスの「今夜、あなたがたは皆わたしにつまずくであろう」という言葉の意味が分からない。そのため、人一倍自尊心の強い、つまり、虚栄心の強いペトロはこう言う。他の弟子たちとわたしは違う。他の弟子たちが逃げてしまっても、わたしはどこまでもあなたに付き従い、ともに死ぬ覚悟です、と言う。

そのペトロに対して、イエスは「今夜、鶏が鳴く前に、あなたは三度わたしを知らないと言うだろう」と言う。ペトロが、いえ、けっしてそんなことはありません、と答えると、他の弟子たちもペトロを真似て、わたしたちがイエスを見捨てることはないと言う。

その夜、イエスは逮捕される。そして、イエスが予言した通り、ペトロも他の弟子たちも皆、イエスを見捨てて逃げてしまう。しかし、イエスに真っ先に約束した意地もあったのか、それとも逃げたことを恥じたのか、ペトロはひとり舞い戻ってきて、イエスが裁かれている建物のある中庭にこっそり忍び込む。そして、イエスに対する裁きが終わるのを待っている。すると、そこに一人の女が近づいてきて、あなたはあの男の仲間だろう、と言う。ペトロは、違う、と言う。このため、ペトロはこれはまずいと思い、急いで中庭から外に出ようとする。すると、またべつの女に同じことを言われ、また、違う、と言う。その騒ぎを聞きつけて他の人たちも来て、同じことをペトロに尋ねる。そして、ペトロが三度目に、違う、と言ったとき、夜が明け、鶏が鳴く。マタイ福音書では次のように述べられている。

ペトロは、「鶏が鳴く前に、三度わたしを知らないと言うであろう」と言われたイエスの言葉を思い出し、そして外に出て、激しく泣いた。[62]

ペトロはなぜ泣いたのか。それは、自分の愚かさが情けなくて泣いたのだ。自分はイエス

60 マタイによる福音書（26.31）、日本聖書協会、聖書（新共同訳）、2009
61 ローマ人への手紙（9.32）

という立派な先生に出会って、もうかつてのような愚かな人間ではなくなったと思っていたのに、実際にはまったく変わっていなかった、相変わらず、嘘つきの愚か者に過ぎなかった、また、それが虚栄、つまり、自らの自尊心が招いた振る舞いであることが分かった。

このときペトロはようやく自分の虚栄、つまり、自分の自尊心の病に気づいたのだと言えるだろう。つまり、このとき初めてペトロは自分の恥多き人生を見つめ、イエスが行っている回心に向かう運動を開始する用意ができたということだ。また、このため、ペトロは、イエスが自分のような自尊心の病に憑かれた人間の罪を背負い、自分たちの代わりに殺されていったことを理解したのである。

言うまでもないことだが、わたしたちは他の誰かになることはできない。ベルクソンが言うように、わたしたちはそれぞれ異なる持続を生きている。ペトロとイエスにしても同じことだ。しかし、そのイエスが行っている回心に向かう運動を、イエスのように開始することはできる。開始するためには、自らの恥多き人生の原因となっている自尊心の病に気づくしかない。自らの自尊心の病に気づくとき、誰でもイエスが行っている回心に向かう運動を開始することができる。

このような模倣は、ジラールが言うような模倣の欲望によるものではない。なぜなら、模倣の欲望とは自尊心の病から生まれるからだ。自らの自尊心の病に気づいた者だけがイエスを模倣することができ、回心への運動を開始することができる。これが、『キリストに倣いて』の著者が言うようなイエスを真似るということだ。[63]

ところで、鶏が鳴いたときペトロが発した嘆きは、わたしも含めて誰もが自らの自尊心の病に気づいたとき発する嘆きだ。その嘆きは普遍的な嘆きなのである。ドストエフスキーが地下室の男の口を借りて自慢しているように、『地下室の手記』で初めて、そのような嘆きとその嘆きの原因となる自尊心の病が解明された。しかし、そのことが分かるのは自分の自尊心の病に気づいている読者だけなのである。だから、シェストフのような自分の自尊心の病に気づいていない読者は、『地下室の手記』を読んでも、まさか、そこで自分の自尊心の病が解明されているとは思わない。このため、彼らには『地下室の手記』が史上初めて自尊心の病を解明した偉大な小説であることも、ドストエフスキーのポリフォニー小説の内容と自尊心の病の関係も分からない。なぜなら、自尊心の病とは何かということが分からなければ、

62 マタイによる福音書(26.75)
63 『キリストに倣いて――イミタチオ・クリスチ』、由木康訳、角川文庫、1966

ポリフォニー小説の内容と自尊心の病の関係も分からなくなるからだ。今はそのようなシェストフたちとは別れを告げ、ポリフォニー小説の内容と自尊心の病の関係について述べるため、まず世界で初めて自尊心の病を解明した『地下室の手記』について述べてみよう。

『白夜』と『地下室の手記』

『地下室の手記』（１８６４）の偉大さを明らかにするために、それをドストエフスキーが回心への運動を開始する前に書かれた『白夜』（１８４８）と比べてみよう。そんなことをするのは、この二つの小説が偶然、類似のプロットを持つ、しかし、まったく異なった内容の小説であるからだ。つまり、回心への運動を開始する前と後では、同じプロットの小説がいかに異なってしまうかということを述べるのに『白夜』と『地下室の手記』は最も好都合な小説なのである。

その小説の語り手はいずれも、社交を避け、「すべての美しく崇高なるもの」と「空想の愛」からなる物語に憑かれた人物である。『白夜』の語り手の十六年後の姿が地下室の男だと言ってもいい。彼らはいずれも自分が「美しく崇高なる」人間であり、愛情にあふれた正しい人であると思っている。もっとも、十六年も経つと、どんなに迂闊な人間でも自分が「美しく崇高なる」人間であることに疑問を持ち始めるだろう。『地下室の手記』も同じだ。地下室の男は『白夜』の語り手ほど純粋ではない。この場合、純粋とはバカだということに過ぎない。

このよく似た二人が現実の女性に出会う。そして、この空想ではない出来事の中で、彼らは二人とも、自分が現実から逃避している夢想家に過ぎないことを読者に暴露してしまう。

このような同じプロットを持つ『白夜』と『地下室の手記』の語り手の違いは、それまで彼らがロマン主義的な物語を読むことによって保ってきた自尊心がぺちゃんこになるかならないかということだけだ。ここでロマン主義的というのはジラールがそのドストエフスキー論で使っている言葉で、文学史的な区分を指しているわけではない。それは、わたしの言葉でいえば、自分が自尊心の病に憑かれているのに、それに気づいていないという事態を指している。[64]

『白夜』の主人公は自分がロマン主義的な物語に憑かれた夢想家に過ぎないことを相手の女性に知らせたあと、再びすぐ、以前と同じロマン主義的な空想の世界に引きこもってしまう。このため、彼の肥大した自尊心は守られるし、彼は自分の自尊心の病に気づかないままだ。

64 ルネ・ジラール、p.81

彼は自分が夢想家であったことで相手の女性を傷つけたわけではない。彼はこれまでと同様、ロマン主義的な夢想家であり続ける。

一方、『地下室の手記』の主人公はロマン主義的な夢想家であることによって、相手の女性を深く傷つけてしまう。すなわち、気を晴らすため売春宿に行き、美と愛に満ちた夢想の世界と現実を取り違える。ロマン主義的な物語の影響下にある彼は、人類愛に燃え、相手をしてくれた売春婦に優しい言葉をかける。しかし、実際に、その優しい言葉を真に受けた売春婦が彼の家にやってくると、いきなり交わり、料金まで払う。そして追い返す。この直後、彼は自分がロマン主義的な物語に登場するような美しく崇高な人間ではないことにがっかりする。自分は一杯の紅茶さえ飲めれば世界など滅びてもいい、と思うようなエゴイストだったのだ。自分には「すべての美しく崇高なるもの」と「空想の愛」からなるロマン主義的な物語を語る資格などない。彼がそれまでロマン主義的な物語によって守ってきた肥大した自尊心はぺちゃんこになる。彼に残されているのは、ロマン主義的な色彩が脱色された、ありのままの現実を生きることしかない。彼にそんな現実を生きることができるだろうか。この疑問とともに『地下室の手記』は終わる。

この『地下室の手記』の主人公の自尊心が砕かれぺちゃんこになるという事態こそ、その後のドストエフスキーの小説の方向を決定づけるものだ。このような事態をパスカルの言葉でいえば、主人公は自らの悲惨を知り、砕かれた心を持つ「無」になったのだ。[65] また、ヴェイユの言葉で言えば、主人公は「真空」そのものになったのだ。[66] ジラールが述べているように、これ以降、ドストエフスキーの作品の主人公たちは自分の自尊心に疑いの目を向け始め、作品の中に主人公たちを見つめる神が現れ始める。

ちなみに、ジラールがそのドストエフスキー論で使っている「自尊心（orgueil）」という言葉は、パスカルのいう「砕かれた心（comminuentes cor）」の「心（cor）」と同じ意味を持つ。というより、ジラールは自尊心という言葉が鍵概念になるドストエフスキー論を、パスカルの「砕かれた心」を念頭に置きながら書いたと見るべきだろう。このパスカルの言う「砕かれた心」とは、わたしが先に述べたぺちゃんこになった自尊心と同じものだ。もっとも、このようなぺちゃんこになった自尊心という言葉が使えるのは『地下室の手記』以降の作品だけだ。それ以前の作品で使われているぺちゃんこになった自尊心という言葉は、パスカルの

65 森有正、「パスカルの信仰」、『森有正全集10』所収、筑摩書房、1979、p.242
66 シモーヌ・ヴェイユ、p.24

言う「砕かれた心」のことではない。

たとえば、ドストエフスキーの最初の小説である『貧しき人々』の主人公マカールは、思い通りに行かない人生に嫌気がさし、酔っぱらい、思い切り醜態をさらす（『貧しき人々』の7月28日の手紙）。このとき彼の自尊心はぺちゃんこになる。しかし、そうなったあとでも、マカールは依然としてロマン主義的な物語であるプーシキンの『駅長』に惹かれ続ける。ここでロマン主義的とは、自分が自尊心の病に憑かれていることに気づかず、この世界を善と悪の対立と見るということだ。そして、自分は常にその善の側に立ちたいと望むことだ。すなわち、マカールはその自尊心の病のため、自分と世界を善悪二元論によって見ることをやめない。このため、彼の自己も善と悪に分裂し、彼は自己をありのままに受け入れることができない。

これに対して、『地下室の手記』の主人公の自尊心は売春婦を追い返したあと、ぺちゃんこになり、もはや世界をロマン主義的な善悪二元論で見ることはできなくなる。彼が善でないことは明らかだが、彼は悪でもない。彼はロマン主義的な物語に取り憑かれた無に過ぎなかったのだ。そのような自分に彼は気づく。つまり、彼はありのままの自分を受け入れたのである。『地下室の手記』の主人公は手記の最後で次のように言う。

ぼくらから書物を取り上げて、裸にしてみるがいい。ぼくらはすぐさままごついて、途方にくれてしまうだろう。どこにつけばよいか、何を指針としたらよいかも、何を愛し、何を憎むべきかも、何を尊敬し、何を軽蔑すべきかも、まるでわからなくなってしまうのじゃないだろうか？ぼくらは、人間であることをわずらわしく思っている。ほんものの、**自分固有**の肉体と血をもった人間であることをさえだ。それを恥ずかしく思い、それを恥辱だと考えて、何やらこれまで存在したことのない人間一般とやらになり変わろうとねらっている始末だ。ぼくらは死産児だ、しかも、もうとうの昔から、生きた父親から生まれることをやめてしまい、それがいよいよ気に入ってきている始末だ。ぼくらの好みになってきたわけだ。近いうちには、なんとか思想から生まれてくることさえ考えつくだろう。しかし、もういい。ぼくはもうこれ以上、《地下室から》書き送ることをしたくない……[67]

ここで『地下室の手記』の主人公は自分のことを「死産児」と呼ぶ。死産児であるとは生まれたときから死んでいるということであり、生まれたときから「本物の血と肉から成る」

存在ではないということだ。なぜそうなのか。それはわたしたちが本などから仕入れたさまざまな物語に取り憑かれながら、抽象的な生を送っているからだ。したがって、その自分に取り憑いている物語を自分から取り除けば、自分は無に過ぎない。売春婦と別れたあと、『地下室の手記』の主人公はこのような自分に気づく。したがって、彼はもうこれまでのようにロマン主義的な物語に憑かれることはできない。なぜなら、ロマン主義的な物語を読むことができるのは、自分の肥大した自尊心に気づかない傲慢な読者だけであるからだ。肥大した自分の自尊心がこなごなに砕け散った読者は、ロマン主義的な物語を読んでも、自分が美しく善良な人間だと思うことはできない。このときこなごなに砕けた自尊心とは、『貧しき人々』のマカールの、ロマン主義の枠の中で動く、ぺちゃんこになった自尊心のことではなく、ロマン主義を超えた、パスカルのいう「砕かれた心」なのである。

なぜ『貧しき人々』や『白夜』と『地下室の手記』はこんなにも異なっているのか。それはすでに述べたように、作者ドストエフスキーがシベリアの監獄で自らの自尊心の病に気づいたからだ。もっとも、その気づいた時期を正確に述べることはできない。しかし、それが、彼がシベリアの監獄に入ったときであることは明らかだろう。なぜなら、繰り返しになるが、先に述べたように、彼はシベリアの監獄で回心への運動を開始しているからだ。わたしたちは自らの自尊心の病に気づくとき、回心への運動を開始する。

このため、『地下室の手記』以降、ドストエフスキーはパスカルの言う「砕かれた心」を持つ主人公を描き始める。したがって、『地下室の手記』を書いていた頃、作者のドストエフスキーの心はすでに砕かれていたのだ。パスカルは「砕かれた心」について次のように言う。パスカルはまるでドストエフスキーの小説の主人公たちを予見していたようなことを述べている。

……キリスト教は、次の二つの真理を同時に人間に教える。一人の神が存在し、人間はその神を知ることができる。また人間の本性には腐敗があり、それが人間に神を知らせないようにしている。これらの点を二つとも知ることは、人間にとって等しく重要である。そして自分の悲惨を知らずに神を知ることと、それを癒しうる贖い主を知らずに自分の悲惨を知ることとは、人間にとって等しく危険である。これらの認識の一方にとどまるところから、神を知って自分の悲惨を知らない哲学者の尊大と、贖い主を知らないで自分の悲惨を知る無神論者の絶望とが、生じるのである。（P556）[68]

67『地下室の手記』、江川卓訳、新潮文庫、2013、p.246

パスカルの言う「自分の悲惨を知る」とは、自分が無であるということを知ることだ。あるいは、無であるにもかかわらず、エゴイズムに囚われているということだ。このような事態を知ることが「砕かれた心」を持つということでもある。このことにドストエフスキーはすでに『地下室の手記』を書く以前に気づいていた。そのことは、これも繰り返しになるが、シベリアから帰還した直後にドストエフスキーが書いた『スチェパンチコヴォ村とその住人』などに明らかだ。そこでは自尊心の病そのものが問題になっている。しかし、その自尊心の病を徹底的に解明することができたのは、『地下室の手記』が初めてなのである。

このため、『地下室の手記』以降の小説にはもはや『白夜』の主人公のような夢想家は登場しない。その代わり、自分が自尊心の病に憑かれていることに気づいているのにもかかわらず、その病から逃れることができない死産児の群れ、つまり、スヴィドリガイロフ（『罪と罰』）、スタヴローギン（『悪霊』）、イワン・カラマーゾフ（『カラマーゾフの兄弟』）などが登場する。パスカルが言うように、自らの悲惨を癒しうる贖い主を知らず、すなわちイエス・キリストを信じることができないまま自分の悲惨を知ることは危険だ。また、ヴェイユが言うように「ほんの一瞬間、真空を持ち堪えた人は、超自然のパンを受けとるか、あるいは倒れるかどちらかである」)。[69] スヴィドリガイロフたちの心は砕かれ、彼らは絶望し、ある者は自殺し、ある者は発狂する。不幸にも、彼らは自らの悲惨を癒しうる贖い主を信じることができない。このため回心への運動を開始することができない。

彼らの対極にいるのが、回心への運動を開始し、死産児である状態から離脱した人々だ。ジェームズの言葉で言えば「二度生まれ」の人々だ。たとえば、マルケル、ゾシマ、(『カラマーゾフの兄弟』) などがその人々だ。また、生まれたときから、砕かれた心をもち、自らの悲惨を癒しうる贖い主を知った人々もドストエフスキーの小説には登場する。ジェームズの言葉でいえば、「一度生まれ」の人々だ。ソーニャ、リザヴェータ (『罪と罰』) やムイシュキン (『白痴』) などがそのような人々だろう。

この二つのグループの中間点に、死産児から生まれ変わる途中の人々がいる。たとえば、ラスコーリニコフ (『罪と罰』)、シャートフ、ステパン・ヴェルホヴェンスキー (『悪霊』) な

68 パスカル、『パンセ』、世界の名著29、前田陽一・由木康訳、中公バックス、1978/丸括弧内はブランシュヴィック版での断章番号
69 シモーヌ・ヴェイユ、p.25

どがそうだ。彼らは夢想家あるいは「尊大な哲学者」であった過去をもちながらも、自らの自尊心の病に気づき、イエス・キリストを信じるようになる。ドストエフスキー自身も、このような死産児の一人だった。彼もこのような人々のように、シベリアの監獄に入ったあと、回心への運動を開始したのだ。

最後に、死産児であると同時に、砕かれた心を持たないまま過ごしている人々がいる。もし彼らが、不幸にも、心が砕かれるような不幸に恵まれず、あるいは、その不幸が彼らの心を砕くほど激しいものでないなら、彼らは不幸に出会っても心が砕かれず、そのまま年齢を重ねてゆくだろう。そして、ポルフィーリー判事(『罪と罰』)自身が言うように「終わってしまった人間」になるだろう。

このように、『地下室の手記』以降の作品群では、主人公たちがどのような「砕かれた心」をもつかが重要なテーマになる。これをわたしの言葉で言い直せば、主人公たちがどんな風にして自分の自尊心の病に気づいてゆくかが小説の重要なテーマになるということだ。

しかし、わたしは先回りし過ぎたようだ、ここで再び話を『地下室の手記』に戻そう。

円環小説としての『地下室の手記』

これまで述べてきたように、ドストエフスキーを理解するためには、まず、狂気、すなわち、自尊心の病を理解しなければならない。自尊心の病を理解するためには、ドストエフスキーのどんな作品を読んでもいい。わたしのように『スチェパンチコヴォ村とその住人』を読んでもいい。いや、ドストエフスキーの作品と限らない。ドストエフスキー以外の作家のもの、たとえば、ゴーゴリ、ツルゲーネフ、トルストイなどの作品、いや、ロシア文学と限らない。フランス文学でも日本文学でもかまわない。チェスタトンが言うように、「現代の真面目くさったリアリズム小説」では、チェスタトンのいう狂人、つまり、自尊心の病に憑かれた狂人が小説の中心人物として登場するのである。

しかし、そうではあるが、やはり、ドストエフスキーの『地下室の手記』を読むのが一番いい。なぜなら、先にわたしが述べたように、『地下室の手記』こそ、自尊心の病とは何かということを初めて明らかにした小説であるからだ。ドストエフスキー以外の作家でこのようなことを書いた作家はいない。このため、地下室の男は『地下室の手記』の最後でこういう。

しかし……もうこのあたりで『手記』を打ちきるべきではないだろうか？　こんなものを書きはじめたのが、そもそもまちがいだったようにも思われる。すくなくとも、この

物語を書いている間じゅう、ぼくは恥ずかしくてならなかった。してみれば、これは文学どころか、懲役刑みたいなものだったわけだ。だいたいが、たとえば、ぼくが片隅で精神的な腐敗と、あるべき環境の欠如と、生きた生活との絶縁と、地下室で養われた虚栄に充ちた敵意とで、いかに自分の人生をむだに葬っていったかなどという長話は、誓って、おもしろいわけがない。小説ならヒーローが必要だが、ここにはアンチ・ヒーローの全特徴が**ことさら**寄せ集めてあるようじゃないか。いや、それより、こういうことは不快な印象を与えずにおかない。というのも、ぼくらはすべて、多少とも生活からかけ離れ、跛行状態でいるからだ。そのかけ離れ方があまりにはなはだしいので、ときには真の《生きた生活》に対してある種の嫌悪を感ずるまでになっている。[70]

ここで地下室の男の言う「小説ならヒーローが必要だが」の「小説」とは、チェスタトンの言う「現代の真面目くさったリアリズム小説」のことであり、自尊心の病に憑かれた主人公が活躍する小説のことだ。そのような小説の主人公は自分の自尊心の病に気づいていないと地下室の男は言う。だから、彼はそのような小説を愛読してきたわたしたち読者、つまり、「諸君」に向かって、こう言う。

ぼく個人について言うなら、ぼくは、諸君が半分までも押しつめていく勇気のなかったことを、ぼくの人生においてぎりぎりのところまでつきつめてみただけの話なのだ。ところが諸君ときたら、自分の臆病さを良識と取り違えて、自分で自分をあざむきながら、それを気休めにしている。だとしたら、あるいはぼくのほうが諸君よりずっと《生き生き》していることになるかもしれない。[71]

ここで地下室の男が「ぎりぎりのところまでつきつめた」こととは、言うまでもなく、自尊心の病のことだ。

言い換えると、あなた方は皆、わたしのようなエゴイストで、自分の欲望を満たすことさえできれば——たとえば、自分が一杯の紅茶さえ飲むことさえできれば——他人などどうなってもかまわないと思っているのだが、そのことに気づいていない。あるいは、無意識のうち

70『地下室の手記』、pp.243-244（邦訳での傍点部は太字にした）
71『地下室の手記』、p.245

に気づいてはいるのだが、そのことを隠して生きている。しかし、わたしはそのことを隠さない。この手記でわたしはそのことを徹底的に明らかにしたのだ、と地下室の男は言う。したがって、『地下室の手記』は最初から最後まで一貫して、自分の自尊心の病だけを語った手記なのである。

わたしたちは『地下室の手記』の以上のような最後の文章を読んで初めて、なぜ『地下室の手記』が次のような奇妙な文章で始まったのかが分かる。

ぼくは病んだ人間だ…ぼくは意地の悪い人間だ。およそ人好きのしない人間だ。ぼくの考えでは、これは肝臓が悪いのだと思う。もっとも、病気のことなど、ぼくにはこれっぱかりもわかっちゃいないし、どこが悪いのかも正確には知らない。医学や医者は尊敬しているが、現に医者に診てもらっているわけではなく、これまでにもついぞそんなためしがない。そこへもってきて、もうひとつ、ぼくは極端なくらい迷信家ときている。まあ、早い話が、医学なんぞを尊敬する程度の迷信家ということだ。（迷信にこだわらぬだけの教育は受けたはずなのに、やはりぼくは迷信をふっきれない。）いやいや、ぼくが医者にかからぬのは、憎らしいからなのだ。と言っても、ここのところは、おそらく、諸君のご理解をいただけぬ点だろう。まあいい、ぼくにはわかっているのだから。むろん、ぼくにしても、この場合、では、だれに向かって憎悪をぶちまけているのだといわれたら、説明に窮するだろう。ぼくが医者にかからぬからといって、すこしも医者を《困らせる》ことにならぬくらい、わかりすぎるほどわかっているし、こんなことをやらかしても、傷つくのはぼくひとりきりで、ほかのだれでもないことも、先刻ご承知だからである。けれど、やはり、ぼくが医者にかからないのは、まさしく憎らしいからなのだ。肝臓が悪いなら、いっそ思いきりそいつをこじらせてやれ[72]！

わたしたちは『地下室の手記』を最後まで読んで初めて、これが自尊心の病について書かれた作品だと分かったら、また、最初に戻ってこの冒頭の奇妙な文章から読み始める。なぜなら、わたしたちには、そのとき初めて、『地下室の手記』は自尊心の病だけについて書かれた、最後と最初がつながった終わりのない円環状の物語であると分かるからだ。

しかし、自らの自尊心の病に気づいていない読者には、この『地下室の手記』が自尊心の

72『地下室の手記』、pp.6-7

病について書かれた、始めも終わりもない円環状の物語だということが分からない。一方、この『地下室の手記』を最後まで読んで、その冒頭の文章が自尊心の病について書かれたものだと分かる読者には、地下室の男が医者を憎むのは、医者が地下室の男を診察し診断を下すからだということが分かる。つまり、この『地下室の手記』冒頭の地下室の男の言葉は、彼がさまざまな人間に向ける自尊に満ちた言葉と同様のものに過ぎない。

要するに、『地下室の手記』でドストエフスキーが描きたかったのは、自尊心の病に憑かれた人間の狂態であり、地下室の男が罵倒するものはすべて、自らの自尊心の病の存在を読者に暗示するための手段なのだ。『地下室の手記』で述べられている先の医者も、役所にやってくる請願人も、自分のために女中として働いている年配の女性も、自分の周りの人間も、シラー風の「美にして崇高なるもの」も、フーリエの社会主義も、チェルヌイシェフスキーの実証主義も、すべて地下室の男に罵倒され、地下室の男の自尊心を満足させるために存在している。このため地下室の男は自分の物語を「地下室で養われた虚栄に充ちた敵意とで、いかに自分の人生をむだに葬っていったかなどという長話」であると言う。

しかし、シェストフはドストエフスキーが『地下室の手記』で地下室の男の意識の分裂を描いているだけだと言う。シェストフのいう意識の分裂とは、地下室の男の意識が混乱をきわめ、分裂しているということに過ぎない。それは自尊心の病に憑かれた人間なら誰もが示す狂態なのだが、そのことがシェストフのような自らの自尊心の病に気づかない者には分からない。つまり、シェストフたちには自分の狂態の原因が分からない。

地下室の男は自分が罵倒できるものを探し続けるだけだ。なぜなら、罵倒することによって、自分の虚栄、つまり、自尊心が満たされるからだ。彼にとって罵倒できるものなら誰でもいい。それがフーリエ、チェルヌイシェフスキー、シラーであろうが、医者、役所に来る請願人、女中であろうが、誰でもいい。このため、地下室の男は手当たり次第に他人を罵倒し批判しながらも、くり返し、「みなさん、こんなことはどうでもいいのです」と言う。つまり、こんなことはどうでもいいことだと言いながらも、それをどうでもいいことだと思えない自分に、彼は心底うんざりしている。彼はすでに自分をそのような批判に衝き動かしているのが自尊心の病だと分かっているのに、それを止めることができない自分に、彼はうんざりしているのである。

ここでもまた作者の経験が作品の中で反復されている。つまり、ここでは、シベリアの監獄に送られる以前のドストエフスキーの狂態が、シベリアから帰還したドストエフスキーによって、地下室の男の口を通して批判されているのである。詳しく述べよう。

地下室の男の恥多き人生

すでに述べたように、地下室の男は娼婦のリーザが帰ったあと、自分の本当の姿に気づく。彼は自分では博愛主義者だと思っていたが、それはロマン主義的な書物などを読んでそうなりたいと思っていただけだ。それはロマンチックな虚栄に過ぎなかった。自分は、自分の欲望さえ満たすことができれば世界など滅びてもいいと思っているエゴイストに過ぎない、ということに気づく。彼はこうつぶやく。すでに引用したが、重要な箇所なので、もう一度引用しよう。

ぼくらは、人間であることをわずらわしく思っている。ほんものの、**自分固有**の肉体と血をもった人間であることをさえだ。それを恥ずかしく思い、それを恥辱だと考えて、何やらこれまで存在したことのない人間一般とやらになり変わろうとねらっている始末だ。ぼくらは死産児だ、しかも、もうとうの昔から、生きた父親から生まれることをやめてしまい、それがいよいよ気に入ってきている始末だ。ぼくらの好みになってきたわけだ。近いうちには、なんとか思想から生まれてくることさえ考えつくだろう。[73]

ここで地下室の男の言う「本物の血と肉から成る」生きた父親とは父なる神のことだ。要するに、彼は父なる神の意志によってこの世に生を受けたということだ。地下室の男はその手記の最後に至ってようやく、自分に必要なのは神だということに気づくのである。そして、『地下室の手記』は、地下室の男が回心への運動を開始するかもしれないという予感を読者に抱かせたまま終わる。この予感こそ、シベリアの監獄でドストエフスキーフォン＝ヴィージン夫人宛の手紙で述べた「決定的な事件」が自分に起きるだろうという予感であり、自分が回心への運動を開始するかもしれないという予感なのである。要するに、『地下室の手記』でドストエフスキーは、下ってゆくエレベーターにキリストとともに乗ろうか乗るまいかと逡巡している自分の姿を、地下室の男を通して描いている。ここで描かれているのは、ジェームズが言うような「二度生まれ」の回心した人間の姿ではない。くり返すが、動物であるわたしたちには、回心などあり得ない。わたしたちに可能なのは回心への運動を開始することだけであり、その運動によって不安になることだけだ。

73『地下室の手記』、p.246

このため、『地下室の手記』以降、ドストエフスキーは回心を開始する以前の人間の狂態、つまり、自らの自尊心の病に踊らされる人間の狂態、つまり、恥多き人生をくり返し描くことになる。『罪と罰』のラスコーリニコフやスヴィドリガイロフ、『白痴』のナスターシャやロゴージン、『悪霊』のステパン先生やスタヴローギン、『未成年』のアルカージイやヴェルシーロフ、『カラマーゾフの兄弟』のイワン、回心への運動を開始する前のマルケルやゾシマなどの狂態が描かれる。なぜ、そんなにくり返しドストエフスキーは回心を開始する以前の人間の狂態を描いたのか。

それは回心というものが否定態でしか表現できないものであるからだ。すでに述べたように、回心とは動物であるわたしたちにとっては死を意味する。だから、わたしたちが回心を表現しようとするとき、それは回心への運動、つまり、不安でしか表現できない。要するに、「……ではない」という否定態として、ドストエフスキーは自尊心の病に憑かれた地下室の男やラスコーリニコフたちを描いている。言い換えると、ドストエフスキーは自尊心の病に憑かれた地下室の男やラスコーリニコフたちを、『罪と罰』のソーニャや『カラマーゾフの兄弟』のゾシマではない」存在として描いているのである。

それでは、『罪と罰』のソーニャや『カラマーゾフの兄弟』のゾシマは、ドストエフスキーの想像力が作りあげた死のメタファー（隠喩）なのか、と問う人がいるだろう。その通り、それは死のメタファー、ただし、キリストの言う「一粒の麦」のメタファーなのである。キリストはこう言う。

はっきり言っておく。一粒の麦は、地に落ちて死ななければ、一粒のままである。だが、死ねば、多くの実を結ぶ。自分の命を愛する者は、それを失うが、この世で自分の命を憎む人は、それを保って永遠の命に至る。[74]

この『カラマーゾフの兄弟』のエピグラフとして引用されているキリストの言葉を、本田哲郎はこう訳している。

はっきり言っておく。
ひとつぶの麦は、地におちて死ななければ、

74 ヨハネによる福音書、12:24-25（新共同訳、日本聖書協会）

ひとつぶのままである。
しかし、死ねば、多くの実をむすぶ。
自分自身に愛着する人は、自分をだめにし、
この世につながる自分自身をあとまわしにする人は
永遠のいのちに向けて自分を守りとおす。[75]

この本田の訳で明らかなように、地に落ちて死ぬ一粒の麦とは、わたしの言う自尊心の病のことだ。その自尊心の病、つまり「自分自身に愛着する」病から癒えなければ、わたしたちに「永遠のいのち」は与えられない。つまり、神の仲介者であるキリストとともに下りのエレベーターに乗り、永遠のいのちである神と合一することはできない。そして、そのような神との合一は、わたしたちが動物的存在ではなくなること、つまり、死を意味するのである。ドストエフスキーは、このような死のメタファーとしてソーニャやゾシマを描いている。

だから、ドストエフスキーの小説を読むとは、このようなソーニャやゾシマのような存在を念頭に置きながら回心への運動を開始している人々、あるいは、開始していない人々が、自尊心の病に憑かれたまま透明なエレベーターに乗って上下する様をありのままに知るとい

うことである。なぜ、ありのままなのか。それは、そこには作者による意匠、つまり、お説教や教訓などが一切ないからだ。登場人物は登場人物のままありのままに存在しているだけだ。このため、彼らがどんな風に自尊心の病に憑かれているのか、あるいは憑かれていないのかが、わたしたちにはっきり見える。こんな小説を書くことができたのはドストエフスキーだけだ。ドストエフスキー以外の小説家の書く小説では作者の意匠が挿入され、登場人物のありのままの姿が見えなくなる。

しかし、なぜドストエフスキーだけに、そのような小説を書くことが可能であったのか。その理由を述べよう。

75 本田哲郎訳、『小さくされた人々のための福音——四福音書および使徒言行録』、新世社、八刷、2019

二種類のポリフォニー小説

なぜドストエフスキーだけにポリフォニー小説が書けたのか

バフチンは、古今東西の無数の小説家の中でなぜドストエフスキーだけにポリフォニー小説を書くことができたのか、ということについて、まず次のように述べる。

ポリフォニーが本質的に育成されていったのは、こうしたヨーロッパ文学発展の道筋においてなのである。《ソクラテスとの対話》とメニッペアに端を発するこうした伝統のすべてが、ドストエフスキーにおいて、そのポリフォニー小説という余人の追随を許さぬ独創的で革新的な形式の中に、面目を一新して甦ったのである。[76]

つまり、バフチンは、ドストエフスキーがポリフォニー小説を書くことができたのは、ヨーロッパ文学のさまざまなジャンルを彼が継承し革新していったためだ、と言う。

また、バフチンはドストエフスキーのポリフォニー小説の誕生と資本主義の誕生を結びつけながら、こう言う。

……実際ポリフォニー小説は、資本主義時代にのみ存在可能なのだ。しかも最もそれにふさわしい土壌が、まさにロシアだった。ロシアの資本主義はほとんど破局的に到来した。それゆえ西欧においては段階的な資本主義化の過程で徐々に衰弱していった様々な社会層や社会集団が、ロシアにおいては資本主義到来期に、いまだ個別的閉鎖的な形でそっくり残存していたのである。そこでは自己への信念と平静な観照をこととするモノローグ的意識の枠に納まらない、形成期の社会生活の矛盾に満ちた本質が、とりわけ強烈な形で表出される必然性があったし、しかも同時にイデオロギー的バランスを失った人間たちや、衝突し合う諸世界のそれぞれの個性が、きわめて完全な、はっきりとした形で現われるのもまた当然だった。こうしたことがポリフォニー小説の本質的な多次元性と多声性のための客観的前提をなしているのである。[77]

76 ミハイル・バフチン、『ドストエフスキーの詩学』、p.358
77 ミハイル・バフチン、『ドストエフスキーの詩学』、p.41

しかし、以上のような説明だけではポリフォニー小説をなぜドストエフスキーだけが書くことができたのかという疑問に答えたことにはならない。なぜなら、そんなことを言えば、ドストエフスキー以外の小説家たちも同じような状況に置かれていたはずであるからだ。このため、バフチンはそのドストエフスキー論の改訂版の序文で、「ポリフォニー小説の全体像といった複雑な問題は、ここでもいまだ論じ尽くされてはいないのである」と述べている。[78] バフチンが自分のドストエフスキー論が未完成のものであると思っていたことは明らかだ。

このため、わたしはバフチンのドストエフスキー論のその不備を補うため、以前、ドストエフスキーにポリフォニー小説を書くことを可能にしたのは、広く知られている彼の病、つまり、癲癇《てんかん》という病ではないかと推測した。[79]

わたしがそう推測したのは、精神病理学者の木村敏[80]と安永浩[81]が口をそろえて述べているように、ドストエフスキーのような癲癇という病を持つ者は「現在中心性」という人格的な特徴を帯びるからだ。彼らは子供のように常に「今」を生きていて、木村が述べているように、鬱病者のように過ぎ去った過去に生きたり、同じく分裂病者（現在では「統合失調症の患者」と呼ぶ）のように未来の中に生きることもない。[82] このような事態はわたしたちにも十分理解できることだ。なぜなら、安永浩がいうように、癲癇という病をもつ者の「現在中心性」という特徴は、どのような人間の「基底にもひそみかくれている」からだ。たとえわたしたちが木村敏の言う鬱病者や分裂病者であろうとも、その「現在中心性」という癲癇患者特有の性質は、わたしたち誰もが分かち持つ性質なのである。これはわたしたちが子供時代の記憶を持ち続けているためだろう。

このため安永は、このようなすべての人間の「基底」、つまり中心にある子供のような気質を「中心気質」と名づけた。安永によれば、癲癇患者ではその「中心気質」が前面に出てくるのだが、その気質は癲癇という病を持たないわたしたちの「基底にもひそみかくれている」。

78 ミハイル・バフチン、『ドストエフスキーの詩学』、p.10
79 萩原俊治、「誰がドストエフスキーを読むのか」、『大阪経大論集』第45巻第4号（通巻第222号）、大阪経大学会、1994、pp.111-163
80 木村敏、『直接性の病理』、弘文堂、1986、pp.166-167
81 安永浩、「『中心気質』という概念について」（『てんかんの人間学』所収、木村敏編、東京大学出版会、1980、pp.25-26
82 木村敏、『時間と自己』、中公新書、1982、pp.63-172

以上の安永の説明は、ドストエフスキー自身の自分は「人間の内なる人間」を描いたという言葉と符合する。つまり、わたしの言葉でいえば、ドストエフスキーがベルクソンのいう持続を描いたという事態と符合する。くり返すが、わたしが高校生の頃、初めて『カラマーゾフの兄弟』を読み、内容もよく分からないのに面白いと感じたのは、このドストエフスキーの小説全体に浸透していた、わたしたちすべての「基底」に存在する「現在中心性」のためなのである。

ところで、安永や木村は明確に述べていないが、彼らの言う「子供」とは、生後六カ月から思春期までの時期の子供のことだ。この時期の子供は自分の欲望を離れて、客体に純粋な関心を持つようになる。ここには大人に見られるような、利害を目的とした態度は見られず、自分の向かい合っているものが一体何であるのかを懸命に究明しようとする。[83] このような子供が自尊心の病に囚われることはない。彼らがその病に囚われるようになるのは思春期以降であり、ドストエフスキーの小説からその例を挙げるとすれば、まず『カラマーゾフの兄弟』のコーリャ・クラソートキンが挙げられる。

このように、木村や安永によれば、ドストエフスキーのような癲癇患者は、この生後六カ月から思春期までの時期の子供のような特徴を帯びていることになるのだが、ドストエフスキーの手紙や彼の周辺にいた人々の証言によっても、彼が癲癇患者特有の子供のような人格的特徴を帯びていたことは明らかだろう。また、そのような人格的な特徴を帯びていたからこそ、ドストエフスキーは通常の神経の持主なら何度も発狂したり自殺するような事態に遭遇しても、常に「今」に生きることによって、その試練に耐え、生きのびることができたともいえる。仮にドストエフスキーが過去や未来に囚われるような人間であったのなら、彼は後悔と不安に圧しつぶされていただろう。

一方、これはドストエフスキーだけではなく、わたしたちすべてに当てはまることだが、わたしたちが一瞬のあと、どのような生を生きるかは誰にも分からない。したがって、わたしたちの生が「未完結性」を帯びていることは明らかなのである。

つまり、癲癇患者特有の「現在中心性」という子供が持つような人格的な特徴と、わたしたちすべての生が持つ「未完結性」という特徴が、ドストエフスキーに「現在中心性」と「未完結性」という二つの特徴を持つポリフォニー小説を書かせたのではないのかとわたしは推測するのである。

83 作田啓一、「自己と外界——自己境界の拡大と溶解」、『三次元の人間——生成の思想を語る』所収、1995、行路社しかし、わたしのこのような推測には重大な欠陥がある。なぜなら、癲癇の病を持つ人なら誰でも『カラマーゾフの兄弟』のようなポリフォニー小説が書けるかといえば、そういうことはない。当たり前のことだが、才能がなければ、癲癇の病を持っていてもポリフォニー小説は書けない。また、ドストエフスキーに小説家としての才能があったことは明らかだが、才能があるからといって誰でもポリフォニー小説が書けるわけではない。そのことは、ドストエフスキー以外の才能のある小説家たちがモノローグ小説を書いていることから明らかだ。

だから、癲癇という病とポリフォニー小説を結びつける何かが必要なのである。言い換えると、ポリフォニー小説と、「現在中心性」という癲癇患者の人格的特徴と「未完結性」という万人が共有する生の特徴を結びつける何かが必要なのである。わたしは長い間、それが何であるのかが分からなかった。

しかし、わたしは五十歳を過ぎて、先に述べた透明なエレベーターということに気づいたとき、ようやく、その何かが自尊心の病であることに気づいた。なぜか。これまで述べたことを今一度反復しながら、その問いに答えてゆこう。

バフチンとジラールへの補足

バフチンが述べたように、ドストエフスキーのポリフォニー小説では、現在中心的な持続の中にある主人公たちのさまざまな意識がさまざまな声として現れ、ポリフォニックな対話を行うのだった。小説は終わるけれど、そのような対話が終わることはない。ドストエフスキーの小説はそんな風に書かれている。このため、その小説はわたしたちの生きている世界がそうであるように、未完結性という特徴を持つ。

このようなバフチンの主張はわたしにも了解できる。なぜなら、ドストエフスキーの小説は、芸術的な仮構というかたちをとって、わたしたちの生における持続を反復しているからである。

しかし、なぜドストエフスキーだけにそんなポリフォニー小説を書くことが可能だったのか。すでに述べたように、バフチンがその理由を十分に説明できたとはいえない。このため、たとえば、読者の中には、ドストエフスキーは天才だったからポリフォニー小説を発明した、と言う人がいるかもしれない。しかし、では、その天才とはどういうことなのか、と問えば、その人はたちまち答に窮する。天才というだけでは答にならない。なぜなら、なぜドストエフスキーだけにそんな突然変異が起きたのか、ということを説明しなければならなくなるからだ。

そこで、先に述べたように、わたしはドストエフスキーにそんな突然変異をもたらした最大の理由は彼の持病である癲癇という病ではないかと推測した。しかし、これも先に述べたように、癲癇という病だけではドストエフスキーがポリフォニー小説を書く理由としては不十分なのである。癲癇という病とポリフォニー小説を結びつける何かが必要なのである。すでに述べたように、その何かがこれまで述べてきた自尊心の病であり、透明なエレベーターだった。その理由を説明しよう。

すでに述べたように、ドストエフスキーは小説の主人公たちの「人間の内なる人間」を描いた。これはドストエフスキーの小説の主人公たちがそれぞれの命、つまり持続を生きているということだった。また、これがわたしの言う「自力」で生きているということであり、自力で透明なエレベーターを上下しているということだった。

作者であるドストエフスキーがそのような主人公たちの持続を妨害することはない。彼は透明なエレベーターに乗って上下する彼らをありのままに描くだけだ。彼が自らの持続を生きている主人公たちの意識を、モノローグ小説の作者のように「客体と化してしまうこと」はない。バフチンが言うように、ポリフォニー小説において、「作者の意識は、自分と同列に、すぐ目の前に、自分と対等の権利を持った、そして自分と同じく無限で完結することのない他者の意識を感じているのである」。

しかし、多くの小説家の中でなぜドストエフスキーだけが透明なエレベーターに乗った主人公たちの持続をありのままに描くことができたのか。

その答としてまず挙げなければならないのは、すでに述べたように、癲癇患者であったドストエフスキー自身が子供のように「今」、つまり、ベルクソンの言う持続を生きる人であったということだ。自分が今を生きているので、彼は他者に対しても、子供のように他者の「今」だけを見つめ、他者をありのままに受けとめることができた。このため、他者を、すなわち主人公たちの生の持続をありのままに描くことができた。ドストエフスキーがその最初の小説である『貧しき人々』から一貫して主人公たちの生の持続を描くことができたのは、このためだ。バフチンが述べているように、ドストエフスキーの書いた小説は、最初の小説である『貧しき人々』から最後の小説の『カラマーゾフの兄弟』に至るまですべて同じひとつのポリフォニー小説なのである。[84] しかし、私見によれば、ドストエフスキーのポリフォニー小説は二種類に分かれる。

84 ミハイル・バフチン、『ドストエフスキーの詩学』、p.101

ひとつは、『貧しき人々』から『ニェートチカ・ニェズヴァーノヴァ』に至る、ドストエフスキーがシベリアの監獄に送られる以前に書いた小説群であり、もうひとつはドストエフスキーがシベリアから帰還したあとに書いた小説群である。ポリフォニー小説をこのように二種類に分断してしまうのが、これまでわたしが述べてきた自尊心の病であり、透明なエレベーターなのである。自尊心の病というものが分からなかったバフチンはまちがったのだ。その理由を説明しよう。

『貧しき人々』のようなドストエフスキーがシベリアの監獄に送られる前に書かれたポリフォニー小説は、シベリアから帰還したあとに書かれたポリフォニー小説とは異質なものだ。なるほど、バフチンが言うように、『貧しき人々』のような小説もポリフォニー小説であることに間違いはない。つまり、「人間の内なる人間」を描いているという意味では、その小説もまたポリフォニー小説なのである。

しかし、『貧しき人々』のような、シベリアの監獄に送られる以前にドストエフスキーの書いた小説群の中に、それぞれ異なった意識を持ち、したがって、異なった思想やイデオロギーを持つ主人公は存在しているのかと問えば、答は否だ。その小説群で描かれているのは、未だ明確な自己意識を持つことができない、したがって、未だ自分の思想やイデオロギーを持つことができない主人公たちなのである。このことは『貧しき人々』のマカールや『ニェートチカ・ニェズヴァーノヴァ』のイェフィーモフを思い浮かべるだけで分かるはずだ。彼らはいわば大人の姿をした子供なのだ。

もちろん、たとえ子供のような大人であっても動物的存在であるのだから、彼らにも動物としての自尊心はある。しかし、それは思春期を経た青少年がもつような自尊心の病に変化しうるような自尊心ではない。それは思春期以前の子供がもつ、そのような自尊心の病とは無縁の無邪気な自尊心、あるいは無邪気な自尊心の病なのである。

くり返すが、そのようなポリフォニー小説でも「人間の内なる人間」つまり、生の持続は描かれているし、その持続が声となってあらわれ、対話が行われている。しかし、その対話はドストエフスキーがシベリアから帰還して書いた小説群で行われる、異なった意識を持ち、異なった思想やイデオロギーを持つ、つまり、明確な自己意識を持つ主人公たちの対話とはまったく異質のものだ。なぜそんなことになったのか。

それは二十八歳だったドストエフスキー自身が苦難に満ちた十年のシベリアでの生活を経て人間として成長したためだといえるだろう。そして、彼にその成長をもたらした最も重要な経験が、すでに述べた、シベリアの監獄で自らの自尊心の病に気づいたことなのである。

すでに述べたように、ドストエフスキーに限らず、わたしたちは自らの自尊心の病に気づき、回心への運動を開始するようになると、自分や他人が自尊心の病に憑かれたまま透明なエレベーターを上下しているのが分かるようになる。一方、自らの自尊心の病に気づかない者には、その自尊心の病のため、世界の一部、すなわち、自分より上に行っている透明なエレベーターに乗っている者しか見えない。

したがって、シベリアの監獄に送られる以前のドストエフスキーの視野に入っていたのは、当時のロシアの総人口の一パーセント強の人間しか乗っていない透明なエレベーターだけだった。なぜなら、当時のロシアでドストエフスキーのような貴族に属する人間は総人口の一パーセント強に過ぎなかったからだ[85]。自らの自尊心の病に気づかず、上ばかりに見ていたドストエフスキーには、それ以外の貴族ではない人間は視野に入っていなかった。自尊心の病に憑かれた者にとって、自分より下の透明なエレベーターに乗っている者は人間ではない。それは路傍の石と同様の、無視すべき存在なのである。

こんなことを言うと、ドストエフスキーは『貧しき人々』や『ニェートチカ・ニェズヴァーノヴァ』でロシア社会の最下層で生きる人々を描いているのではないか、という反論が返ってくるだろう。なるほど、そこには貧しい主人公たちが登場はする。しかし、そのような人々を見るドストエフスキーの視線そのものがシベリアの監獄に送られる以前と以降では異なったものになる。

シベリアの監獄に送られる以前のドストエフスキーは、その社会の最下層にいる人々を、先に挙げた『カラマーゾフの兄弟』のアリョーシャのように「上から目線」で見ている。あるいは、これも先に挙げた地下室の男が娼婦のリーザを見たように、表面上は憐れみ深く、しかし、本当は軽蔑の眼で見ている。要するに、ドストエフスキー自身は昇りのエレベーターに乗りながら、下ってゆくエレベーターに乗っている人々とともにいるという風に振る舞っている。これが自尊心の病によって生まれる偽善なのであり、これがジラールによって「ロマンティークの虚偽（ロマン主義の虚偽）」と呼ばれるロマン主義者に見られる振る舞いなのである。[86] ジラールはこのようなロマン主義者についてこう言う。

85 R・ヒングリー、『19世紀ロシアの作家と社会』、川端香男里訳、平凡社、1971、p.141
86 ルネ・ジラール、『欲望の現象学――ロマンティークの虚偽とロマネスクの真実』、古田幸男訳、法政大学出版局、1971

ロマン主義者は自分自身の分裂を認めず、そして認めないことによって、それを悪化させる。彼は自分が完全に唯一不可分のものであると思いたがる。そこで、彼は二つに分かれた自己の存在から一つを選びだす。いわゆるロマン主義の時代では、それは一般に理想的な崇高な半身であるが、今日ではむしろ卑小な半身である。そして彼はこの半身を自己全体として通用させようと努める。自尊心は自分の周囲に現実全体を集め、統一できることを証明しようとする。

ロマン主義的なドストエフスキーにおいては、二つに分かれたロマン主義的意識は一方では感傷的なないし悲愴な作品に、他方ではグロテスクな作品に、別々に反映されている。一方に『貧しき人々』、『家主の妻』、『白夜』があり、他方に『プロハルチン氏』、『スチェパンチコヴォ村とその住人』、『伯父様の夢』などがある。『虐げられた人々』のような作品における登場人物の「善玉」と「悪玉」の分割は、地下室の二元性を反映している。[87]

すでに述べたように、ここでジラールが述べているロマン主義とは文学史的な呼称ではない。それは自尊心の病に憑かれているということだ。また、ジラールがここで言う「地下室」とは『地下室の手記』を念頭においた比喩であり、自尊心の病が発生する場所のことを指している。つまり、ジラールによれば、わたしたちの誰もが心の中に「地下室」を持っている。これをわたしがこれまで述べてきた言葉でいえば、動物であるわたしたちの誰もが自尊心の病に憑かれているということなのである。

ところで、ジラールによれば、シベリアから帰還したあともドストエフスキーは、しばらくのあいだロマン主義者であったことになる。なぜなら、ジラールは先の引用でも明らかなように、ドストエフスキーがシベリアから帰還したあとに書いた『スチェパンチコヴォ村とその住人』、『伯父様の夢』、『虐げられた人々』もロマン主義的な作品であると断定しているからだ。

しかし、すでに述べたように、ドストエフスキーがシベリアの監獄で自らの自尊心の病に気づき、回心に向かう運動を開始したのは明らかだ。したがって、シベリアから帰還したドストエフスキーが自らの自尊心の病に気づかず、ロマン主義者のままであったというジラールは間違っている。すでに述べたように、シベリアから帰還したドストエフスキーは自尊心の病そのものを扱った小説を書き始める。そのような作品が『伯父様の夢』、『スチェパンチ

87 ルネ・ジラール、『地下室の批評家』、pp.81-82

コヴォ村とその住人』、『虐げられた人々』、『死の家の記録』などであり、さらにそれに続く『地下室の手記』、『罪と罰』なのである。だから、この自尊心の病に憑かれた人々を描いた作品をロマン主義的な「グロテスクな作品」と見なしたジラールは間違っている。

なるほど、『スチェパンチコヴォ村とその住人』のような作品はグロテスクな作品であるかもしれない。しかし、それがグロテスクになった原因が自尊心の病であることははっきり示されている。したがって、このような作品は、ドストエフスキーがシベリアに送られる以前に書かれた『プロハルチン氏』のようなゴーゴリ風のグロテスクな笑いを含んだ喜劇的小説とは根本的に異なる。

すでに述べたように、『スチェパンチコヴォ村とその住人』でドストエフスキーが批判しているように、ゴーゴリは自らの自尊心の病に気づくことができなかった。この意味で、ゴーゴリはジラールの言うロマン主義者だった。そして、そのゴーゴリの影響下で『プロハルチン氏』を書いたドストエフスキーも自らの自尊心の病に気づいていないロマン主義者だった。したがって、ロマン主義的な『プロハルチン氏』をロマン主義的ではない『伯父様の夢』、『スチェパンチコヴォ村とその住人』、『虐げられた人々』と同じ、ロマン主義者ドストエフスキーの書いた作品であると述べたジラールは間違っている。

ジラールがこのような間違いを犯したのは、彼がシェストフと同様、ドストエフスキーがシベリアの監獄で回心に向かう運動を開始したことに気づくことができなかったからだ。繰り返しになるが、ジラールに分からなかったのは次のようなことだ。

シベリアの監獄に送られる以前のドストエフスキーはジラールのいうロマン主義者であり、この時期に書かれたポリフォニー小説では、貧しい人々が作者の虚栄を満たす道具にされている。一方、シベリアから帰還したあとに書かれたポリフォニー小説では、作者からそのような「上から目線」が消滅する。だから、ポリフォニー小説には二種類存在することになる。つまり、作者であるドストエフスキーが自尊心の病に気づいていない時期に書かれたポリフォニー小説と、それに気づいたあと書かれたポリフォニー小説の二種類だ。そして、後者のポリフォニー小説こそ、ポリフォニー小説と呼ばれるに値するものである。

ポリフォニー小説の読み方

すでに述べたように、ドストエフスキーのポリフォニー小説で描かれているのは、シニフィアン（意味するもの）がシニフィエ（意味されるもの）を持たない世界である。言い換えると、ポリフォニー小説には、未完結の人物像やプロット、すなわち、浮遊するシニフィアンしかなく、その人物像やプロットはシニフィエを充当された完結したシーニュ（記号）になり得ない。その人物像やプロットは常に未完結であり現在にある。しかし、これはそのまま持続を生きるわたしたちの意識に映る世界でもある。その世界もまた常に未完結であり生成途上にあり、したがって、謎に満ちている。言い換えると、ドストエフスキーのポリフォニー小説は、わたしたちの持続する意識に映った世界を忠実に再現しているだけなのだ。この意味で、ポリフォニー小説はきわめてリアルな小説だ。

　ここで注意しなければならないのは、この謎を解く権利はわたしたちの誰にもないということだ。わたしたちは神ではない。わたしたちは世界に向かうように、ポリフォニー小説に向かわなければならない。すなわち、それをありのままに受けとるだけだ。ポリフォニー小説は基本的に未完のプロットしか持たない。「基本的に」というのは、小説としてのまとまりを保つためにある程度完結したプロットをドストエフスキーはポリフォニー小説に与えているからだ。

　このような事態をわたしの言葉で言い換えると、ポリフォニー小説とは、読者が、すでに述べた物語の暴力を振るえないほど不完全な物語の集まりであるということだ[88]。わたしの言う物語の暴力とは、他者の持続を自分の持続によって解釈しようとすることだった。なぜ物語の暴力なのかといえば、他者の持続を自分の持続によって解釈するとき初めて、わたしたちはその他者についての物語を作ってしまうからだ。要するに、ドストエフスキーがラスコーリニコフの旋毛虫の夢で述べたようなわたしたちの振る舞いを、またリーザに非難されたアリョーシャがスネギリョフ大尉について語ったような物語を、わたしは物語の暴力と呼ぶのである。

このため、自らの自尊心の病に気づかない読者がドストエフスキーのポリフォニー小説を読むとき、彼らの完結した物語を読みたいという欲望は満たされない。一方、モノローグ小説は完結したプロットを含む物語の集まりであり、モノローグ小説の読者には別様に解釈する余地がほとんど残されていない。このため読者はその完結した物語を受け入れるしかない。別様に解釈する余地が残されているとすれば、それは出来損ないのモノローグ小説に他ならない。この意味で、モノローグ小説の作者は読者の上に君臨する神のような存在なのである。しかし、ポリフォニー小説の作者であるドストエフスキーはそのような存在ではない。彼は

---

88 拙稿、「物語はなぜ暴力になるのか」、『言語と文化』第4号（大阪府立大学総合科学部言語センター紀要）、2005、pp.293-317

ほとんど読者と同じ位置に立って小説を書いてゆく。

それにもかかわらず、謎に満ちたポリフォニー小説のプロットや人物像の謎を解き、まるでモノローグ小説のように読む読者がいるとすれば、彼らは人間ではなく、神になろうとしているのだ。もちろん、わたしにはそのような人々が神になろうとしているのをとどめる権利はない。わたしは神ではない。しかし、そのような読者がポリフォニー小説を操り、そこから物語の暴力をたっぷり含んだモノローグ小説を作り出そうとしていることは明らかだ。彼らはポリフォニー小説から未完結の人物像やプロットの切れ端を拾い集め、そこに自分の想像力を加え、自分好みのモノローグ的な完結した物語を作り上げてしまおうと試みる。これではポリフォニー小説を読んでいることにはならない。

言うまでもないことだが、ポリフォニー小説を書くとは、モノローグ小説を書こうとする欲望に逆らいながら書くということだ。成功したか否かは別にして、それが、ドストエフスキーが処女作の『貧しき人々』から一貫して行っていることだ。そのようなポリフォニー小説をモノローグ小説のように読む読者がいるとすれば、彼は作者のドストエフスキーをも睥睨《へいげい》する神のような存在になる。しかし、これは同時に、ドストエフスキーがその後期作品で集中して扱ったテーマ、すなわち、自尊心の病をめぐるテーマを理解していないことにもなる。

このような読者はいくらポリフォニー小説の謎を解いても、ちょうどタマネギの皮を剥いているように、いくら剥いても、ドストエフスキーが最も心血を注いだその問題に出会うことはない。

そのような読者にならないために読者はまず、自らの自尊心の病に気づかなければならない。そうすれば、ドストエフスキーのポリフォニー小説をポリフォニックに読むことが可能になるだろう。そして、これこそがドストエフスキーのポリフォニー小説の正しい読み方なのである。

おわりに

以上から最初に挙げたマルケルの言葉はどのように解釈すればいいのかが明らかになったと思う。再びマルケルの言葉を取り上げよう。

「われわれはだれでも、すべての人に対してあらゆる面で罪深い人間だけれど、なかでも僕はいちばん罪深いんですよ。」

マルケルが「いちばん罪深い」という理由をはっきり了解できないと感じる読者には、ドストエフスキーが「人間の中の人間」、つまり、ベルクソンの言う「持続」をそのポリフォニー小説で描いているということが分かっていない。

レヴィナスにしても同じだ。レヴィナスもまた、ドストエフスキーがマルケルにおける「人間の中の人間」を描いていることに気づいていない。このため、彼はわたしたちには他者に対する「ア・プリオリな有責性」があり、「私をみつめる他者にかかわる私の始原的有責性」があると言う。これは一種の還元主義ではないのか。レヴィナスはすべてをわたしたちの有責性に還元して考えているのではないのか。そう思ったわたしはレヴィナスの解釈は間違っていると判断した。

レヴィナスが考えているような他者に対する「ア・プリオリな有責性」がわたしたちにあるのではない。わたしたちに「ア・プリオリに（あらかじめ）」あるのは、ドストエフスキーの言う「人間の中の人間」であり、ベルクソンの言う「持続」なのである。そして、わたしたちの罪は、その持続の中に生きるわたしたちが自らの自尊心の病に気づかないとき生まれる。そして、わたしたちは恥多き人生を生きることになる。

ドストエフスキーはそのポリフォニー小説で、いわば上下するさまざまなエレベーターに乗っている主人公たちの生の持続を描いている。そして、その持続は作者の持続とも読者の持続とも別の、世界でただひとつの持続である。

したがって、マルケルがそれまで自らの持続において自らの自尊心の病に気づかなかったということは、他の誰かのせいではない。気づかなかったのはマルケル自身に責任がある。ただマルケルひとりに責任がある。このため、マルケルは「僕はいちばん罪深い」と言う。しかし、これはマルケル一人のことではない。わたしたちの誰もがこのマルケルのように思ったとき初めて、昇りのエレベーターから降りることができる。だから、マルケルのいう「僕」

とはわたしたち一人一人のことなのである。そして、このとき、わたしたちにおいて、回心への運動が始まり、わたしたちに世界のすべてが見えるようになる。なぜなら、昇りのエレベーターに乗っているわたしたちには、自分より上を行く人々しか見えなかったからだ。この世界の全体が見えるという感覚がわたしたちを幸福にしてくれる。なぜなら、このとき初めてわたしたちに世界全体を受け入れることが可能になったからだ。それまで、わたしたちは世界全体と切り離され、孤独だった。殺人を犯したあと、夕暮れのネワ川を見ていたラスコーリニコフのように孤独だった。しかし、マルケルのその言葉が分かるようになったわたしたちはもはや孤独ではない。そして、ドストエフスキーのポリフォニー小説が理解できるようになる。以上がレヴィナスの言葉を読んでわたしが考えたことなのである。

ドストエフスキーの作品を読むためのドストエフスキー年譜

（「旧暦」で記す）

・１８２１年、10月30日（現行のグレゴリオ暦では11月11日）、フョードル・ミハイロヴィッチ・ドストエフスキー、モスクワのマリヤ貧民施療病院（マリインスカヤ病院）の官舎で生まれる。

＊旧暦、いわゆる「ロシア暦」というのはユリウス歴のことで、これは西欧で使われていたグレゴリオ暦より、18世紀で11日、19世紀で12日、20世紀で13日遅れていた。１９１７年の十月革命（ロシア革命）後、新政権がグレゴリオ暦に移行することを決め、１９１８年1月31日の翌日を2月14日と定めた。）

＊ロシア人の名前は「名前＋父称＋姓」からなり、作家ドストエフスキーは「フョードル・ミハイロヴィッチ・ドストエフスキー」になる。名前はロシア正教会の教会暦から付ける。つまり、誕生日ゆかりの聖人・聖女から付け、その聖人・聖女ゆかりの日が「名の日」になる。ロシア人には誕生日の代わりにこの「名の日」を祝う習慣がある。父称は父親の名前から付け、姓は日本語の姓と同じように、ある家に代々伝わるものである。

名は両親が選ぶこともできる。たとえば、「ヴェーラ（「信頼」という意味）」という女性名は1年に2回しか教会暦に出てこないのに、好む人が多いため、ロシア人には「ヴェーラ」という名前の女性が多い。一方、ロシア人の代名詞になっている「イワン」というロシア人の男性名は、イワンという聖人の名前が教会暦に1年で170回出てくる。フョードルという聖人も教会暦には64回出てくるのでありふれた名前である。

＊ロシアの小説にはしばしば「名前＋父称」のかたちが出てくるが、これは尊敬をこめた呼び方である。名前は親しい人に呼びかける場合、愛称形などを用いる。姓が貴族や地主の間で使われ始めたのは16〜17世紀であり、それが18〜19世紀、一般市民に広まる。しかし、農民が姓を持つのは遅れた。帝政ロシアの小説で農民が名前、それも卑称などで呼ばれるのはそのためである。帝政ロシアの小説では、名前の呼ばれ方によって、その人の社会的地位が分かる。だから、翻訳では原文そのままのかたちで訳すしかない。その名前の持つニュアンスあるいは**共通感覚**[1]は、21世紀の外国人である我々にはほとんど分からないとあきらめるしかない。

・1827年（6歳）

父親が八等官に叙せられる。

・**1828年（8歳）**

父と息子がモスクワ世襲貴族台帳に記入される（ドストエフスキー父子が貴族という特権階級になったということである）。

・**1831年（10歳）**

父親がトゥーラ県に領地を購入する。『百姓マレイ』で描いたような経験をした。このころ、シラーの『群盗』に熱中する。

・**1837年（16歳）**

1月26日、プーシキンがヘッケルンに送った手紙のため、ダンテスより決闘の申し込みを受け（『悪霊』第2部第1章第五節で引用）、1月29日、プーシキン、決闘で斃れる。2月

1「共通感覚（common sense）」は文学作品、とくに、外国文学や日本文学でも昔のものを読む場合にはよく理解しておかなければいけない。これを理解していない場合、外国や昔の文学作品に対して「謎解き」をしたり、現代の感覚や価値観によってそのような作品を読む、というような愚行に疑問を抱かなくなる。共通感覚は、老若、男女、時代、民族などによって大きく異なる。だから、ある作品の価値も老若、男女、時代、民族などによって異なったものになるので、現代のわたしたちの持つ共通感覚によって、昔の作品や外国の作品を解釈してはいけない。そこにはおのずと限界があると心得なければならない。

27日、母親のマリヤが肺結核のため死亡(享年37歳)。3月、プーシキンの訃報に接してフョードルは激しい衝撃を受ける。4月18日、父親が年功のため、六等官に叙せられる。**フョードルはプーシキンと母の死による悲しみのためか、喉の病になり、声をまったく失う。やがて声は回復するが、この影響はその後ずっと残る。**

・**1838年(17歳)**

ペテルブルグの工兵士官学校に入学。バルザック、ユゴー、ホフマンなどに熱中し落第する。

・**1839年(18歳)**

父ミハイルが農奴に惨殺される(6月8日、享年60歳)。**この知らせを受けたドストエフスキーは、初めて癲癇の発作を起こした、というドストエフスキーの娘エーメの証言がある。しかし、ドストエフスキーの弟のアンドレイはこれをはっきり否定している。**

・**1841年(20歳)**

少尉になる。生涯、尊敬の念を持つようになったジョルジュ・サンドに熱中する。

・**1843年(22歳)**

工兵士官学校を卒業し、ペテルブルグ工兵団製図課に勤める。遊びほうけ(賭け事など)、散財し、困窮する。

12月、バルザックの『ウジェニー・グランデ』を翻訳する。

・1844年（23歳）

1月、『貧しき人々』の構想を得る。

多額の借金のため、一時金をもらい領地の相続権を放棄する。

8月、『貧しき人々』の執筆が中断されることを恐れ、ペテルブルグ工兵団製図課に辞表を提出し、受理される。

・1845年（24歳）

5月、**『貧しき人々』が完成する。**5月末、『貧しき人々』の草稿をグリゴローヴィチに読んで聞かせる。その夜、ネクラーソフとグリゴローヴィチが『貧しき人々』を読み、朝の4時、寝ているドストエフスキーをたたき起こす。6月1日頃、ネクラーソフがベリンスキーに『貧しき人々』を持って行く。同日夕方、ネクラーソフがベリンスキーを訪ねると、ベリンスキーは猛烈な勢いで夜更けまで『貧しき人々』を絶賛する。このため、ドストエフスキーは、一躍、時代の寵児となる。そして、当時の新進作家、ツルゲーネフと知り合いになり、パナーエフ家に出入りするようになる。

パナーエワ夫人に恋愛感情を抱き（「どうも妻君に惚れてしまったような気がする」、ドストエフスキーの11月16日付の手紙)、それを知ったツルゲーネフにからかわれる。ドストエフスキーはパナーエワ夫人に恋愛感情を持ったあと、シベリアで人妻のマリヤに出会うまで異性に恋愛感情を持つことはなかった。それはのちに激しくなった癲癇といういつ死ぬか分からない病のためかもしれない。あるいは、自分の貧しい不安定な生活のためかもしれない。いずれにせよ、ドストエフスキーはパナーエワ夫人に恋愛感情を持ったあと、十年の間、異性に恋愛感情を持つことはなかった。しかし、娼婦と関係を持ったらしいことは、『罪と罰』などの叙述から推測できるかもしれない。

・1846年(25歳)

『貧しき人々』が活字になる。そのあと『分身』を書くが不評。ヴェイリエリゴルスキー家の夜会で当時評判になっていた美女セニャヴィーナを紹介され気絶する(癲癇の発作かもしれないが、当時の医学水準では、癲癇か否かを診断するのは不可能だった)。

・1847年(26歳)

ベリンスキーから離れ、ペトラシェフスキー会に通い始める。

・1848年(27歳)

ベリンスキー死す(37歳)。『人妻』、『白夜』などを発表する。

・1849年（28歳）
『ネートチカ・ネズワーノワ』を発表するも、逮捕されたため作品は中断する。ペトラシェフスキー会でベリンスキーのゴーゴリ宛の手紙（農奴制を激しく批判する手紙）を朗読。秘密出版計画にも参加。**4月23日早朝、逮捕される。12月22日、死刑の直前に特赦を受け、懲役4年、刑期終了後一兵卒として勤務という判決を受ける。24日、シベリアに護送される。**

・1850年（29歳）
1月9日、トボリスクに着き、デカブリストの妻から福音書を贈られる（獄中でこの福音書を熟読することによってドストエフスキーの回心への運動が開始する）。23日、オムスク監獄に着き、翌年2月まで服役する。1857年にシベリア守備大隊付属軍医エルマコフが作成した診断書によれば、「ドストエフスキー少尉補」は1850年に初めて癲癇の発作を起こしたことになっている。また、エルマコフによれば、それは一時小康状態を保っていたが、1853年再発し、それ以降、毎月末発作が起きるようになったということである。

・1854年（33歳）
2月下旬、フォン＝ヴィージン夫人に宛てた手紙で、夫人への感謝とともに、自分が回心

への運動を開始したことを知らせる（「……近いうちに、それもきわめて近いうちに、私の身の上になにか非常に決定的な事件が起こるにちがいないというような気がします」）。3月、懲役を終え、セミパラチンスク守備隊に一兵卒として勤務。12等文官アレクサンドル・イワーノヴィチ・イサーエフ（アルコール依存症で肺結核になっていた物静かな人物）と知り合いになる。

・1855年（34歳）

イサーエフ家に親しく出入りするようになる。イサーエフの妻、マリヤ・ドミートリエヴナ・イワーエワ（三十歳ぐらいの激しい気性の女性、高い教養の持主）と近づきになる。ドストエフスキーが初めて親しくなった異性であった。しかし、それは片思いだった。彼らの息子パーシャの勉強の面倒をみる。しかし、二年間無職であったイサーエフが職を見つけてトムスク県クズネツクに引っ越す。それはセミパラチンスクから７００露里（７４７キロメートル）離れた町であった。ドストエフスキーの親友ヴランゲリはこう回想している。「ドストエフスキーの絶望は見るも痛ましかった。マリヤ・ドミートリエヴナともこれが最後と気も狂わんばかりであった。生きる望みを絶たれたかのように思ったのだろう。……別れの光景をわたしは忘れることができない。ドストエフスキーはまるで子供のように声をあげて泣いた。」しかし、8月、イサーエフが亡くなったという知らせをドストエフスキーはマリヤから受け取る。**ドストエフスキーは自らの回心への運動を開始したことを記した『死の家の記録』を書き始める。**

3月2日、ニコライ1世が死去（あるいは自殺？）し、アレクサンドル2世が即位する。

・1857年（36歳）

2月1日、クズネツクでマリヤと結婚するが、帰途、疲れと不安のため、強度の癲癇の発作を起こす。4月、世襲貴族の権利を回復する。

・1859年（38歳）

4月、『ロシアの言葉』4月号に掲載された「賭博者の手記より」を読み、『賭博者』のヒントを得る。

12月、首都（ペテルブルグ）に帰還し、『スチェヴァンチコヴォ村とその住人』を執筆する。

・1860年（39歳）

『死の家の記録』を発表する。兄ミハイルが煙草工場の経営に失敗し、負債をかかえこむ。

・1861年（40歳）

1月、兄ミハイルと土壌主義を唱った『時代』誌を創刊する。『虐げられた人びと』発表。

アポロン・グリゴーリエフは酷評するが、チェルヌイシェフスキーやドブロリューボフは賞賛する。

2月、アレクサンドル2世による農奴解放令が出される。

・1862年（41歳）

6月、初めての国外に旅行する。国外で、ゲルツェン、バクーニンらと会う。ヴィクトル・ユゴーの『レ・ミゼラブル』を読む。

1862〜1863年の冬、妻マリヤが肺結核のため重体に陥るが、危機を脱し、医師の勧めで気候が健康に良くないペテルブルグからウラジーミルに転地する。このため、妻と別居状態になる。

1862年の冬、22歳のスースロワと男女の関係になる。スースロワのドストエフスキー宛の手紙や日記によると、二人の性行為は彼女の意志を無視した一方的なものであった。処女であった彼女は尊敬していたドストエフスキーの行為にショックを受け、次第にドストエフスキーを遠ざけるようになる。

スースロワは農奴の娘だったが、父のプロコフィが1855年に地主に金を払って自由の身になり、子供たちの教育のために住み慣れたニジェゴロド県からペテルブルグに移住した。スースロワはペテルブルグ大学の公開講座を聴講し、さらに、ドストエフスキーなどが出た朗読会にも通っている。

・1863年（42歳）

1月23日、ポーランド中央人民委員会がロシアのポーランド分割によって消滅したポーランド・リトワ王国を回復するため、武装蜂起を宣言する。しかし、西欧諸国の支援が得られず、失敗に終わる。

2～3月、西欧への幻滅を述べた『冬に記す夏の印象を』発表する。

4月12日、帝国医科大学教授医学博士、V・ベイエルが「ドストエフスキーが癲癇であり、この病気の治療には海水浴療法が有効である」という内容の診断書を書く。

5月、『時代』誌、四月号をもって発禁処分を受ける（これは四月号に掲載されたストラーホフのポーランド反乱事件について述べた論文「宿命的問題」のため。ストラーホフがポーランド人の意見として引用した、ロシア人を誹謗する言葉が、検閲委員会によって、著者の言葉と曲解されたため）。

8月、パリでスースロワと落ち合い、イタリアに行く。さらに、バーデン・バーデンで賭博に没頭し、ツルゲーネフから借金する。ドストエフスキーはこのときの経験を、のちに『賭博者』で描いている。『賭博者』のポリーナと主人公の関係は、ドストエフスキーを激しく憎んでいたスースロワとドストエフスキーの関係を彷彿とさせるものである。ドストエフスキーは海外旅行のおり、『賭博者』と『地下室の手記』の構想を得る。この頃、チェルヌイシェフスキーが獄中で『何をなすべきか』を発表する。

・1864年（43歳）

1～2月、『地下室の手記』の第1部を執筆する。2月、兄の末の娘が猩紅熱で亡くなる。3月、『時代』あらため『世紀』を創刊する。3月27日、スースロワに手紙を書く。4月14日、昼過ぎ、妻マリヤが喀血する。**15日、夜7時、マリヤが死去する（肺結核）。**16日、妻の死についての随想を手帖に書く。17日、スースロワに手紙を書く。

3～5月、『地下室の手記』第2部を執筆する。

7月10日、午前7時、兄ミハイル死去（肝臓腫瘍）。兄の借金、2万5千ルーブリ（現在の日本円で二億五千万円）と、兄の未亡人と四人の子供の世話、弟ニコライの世話、亡き妻マリヤの連れ子パーヴェルの養育といった義務が癲癇に苦しむドストエフスキーの肩にのしかかることになる。

8月21日、借金不払い者拘置所に入っていた、土壌主義の盟友アポロン・グリゴーリエフを訪ねる。グリゴーリエフは100ルーブリほど都合して、拘置所から出してくれとドストエフスキーに懇願する。**9月22日、グリゴーリエフは拘置所から出て、25日、死亡**（グリゴーリエフは1859年に浮浪者出身の娘マリヤ・フョードロヴナ・ドブロフスカヤに同情し、彼女を援助し教育するため3年間同棲するが、別れる。しかし、病を得たグリゴーリエフのもとにマリヤは駆けつける。マリヤは、ドストエフスキーが『地下室の手記』のリーザを描くとき参考にした女性）。不安と疲労のため、癲癇が頻繁に起きる。

11月20日、司法制度の改革（身分別の司法制度の撤廃、裁判の公開、陪審員制度と弁護士制度の導入などは、『カラマーゾフの兄弟』を読むときに必要な知識）。

・1865年（44歳）

1月、スースロワの妹でチューリヒ大学医学部学生のナジェージダ・スースロワをしばしば訪ねる。3～4月、アンナ・コルヴィン・クルコフスカヤをしばしば訪ね、15歳の、アンナの妹でのちに数学者として有名になるソフィヤ（のちにソフィヤ・コワレフスカヤ）と友人になる。**4月、アンナ・コルヴィン・クルコフスカヤに求婚するも、激しく拒絶される。**6月、『世紀』がついに廃刊となる。7月、国外に行き、ヴィスバーデンでスースロワに会う。賭博にふけり、一文無しになり、『ロシア報知』誌のカトコフに『罪と罰』の構想を売り込む。**11月、ペテルブルグでスースロワに結婚を申し込むが断られる**（スースロワの手帖によれば、１８６５年、ドストエフスキーから来た手紙は６通、彼女が書いた手紙は11通ということである）。

・１８６６年（45歳）

１～12月、『罪と罰』を発表する。４月、カラコーゾフの皇帝暗殺未遂事件に衝撃を受ける。10月４日、速記者アンナ・スニートキナを相手に『賭博者』の口述筆記を始め、10月29日に終える。**11月８日、アンナ・スニートキナに結婚を申し込む**。（アンナの回想によれば、ドストエフスキーはステロフスキーに著作全集３巻の版権を３０００ルーブリで譲渡するとの契約を結び、その保証として、１８６６年12月１日までに長編小説を書き上げなければならなかった。このため『賭博者』を口述筆記で書いたのである。）11～12月、週に三、四度、『罪と罰』の最終章をアンナに口述する。私見にすぎないが、『罪と罰』の最終章がそれまでの章の文体と大きく異なっているのは、口述筆記のためもあるだろう。

・１８６７年（46歳）

２月、**アンナと結婚**。４月、**債務監獄と借金取りを恐れ、４年余にわたる国外旅行に出発する**。アンナが日記を書き始める。ドレスデンで「システィナのマドンナ」を見る（『白痴』

第1編第6章)。**4月23日、スースロワに結婚したことを手紙で伝える。4月27日、アンナ、スースロワからドストエフスキーへの手紙の返事を読み驚く。**5月29日、スースロワからの手紙を受け取る。6月17日、ドレスデンでベートーヴェンの第二交響曲を聴き、感動する。この生命の躍動とも言うべき交響曲は当時のドストエフスキーの気分にふさわしいものだったと推測できる。**7月、バーデンでルーレットに熱中し、無一文になる。**この頃、ルーレット賭博に熱中する。8月、バーゼルの美術館でホルバインの「イエス・キリストの亡骸」を見て、衝撃を受ける(『白痴』第2編第4章、第3編第6章参照)。ジュネーヴでガリバルジやバクーニンの「第一回自由平和国際連盟国際会議」を妻と傍聴する。9月、『白痴』を起稿する。

・1868年(47歳)

1~12月、『白痴』を発表する。姪のソフィヤに『白痴』では「真に美しい人間」を書きたいという旨の手紙を書く。**2月、長女ソフィヤ誕生するも、5月に死亡する。**

・1869年(48歳)

9月、次女リュボフィ誕生する。11月21日、「国民制裁協会」のネチャーエフ、ペトロフスキー大学の学生イワノフを裏切り者として殺害する。ドストエフスキーはこの事件に強い関心を抱く（この事件をもとに『悪霊』を書くことになる）。

・1870年（49歳）

1～2月、『永遠の夫』を発表する。**4月16日、ルーレット賭博を完全にやめる。これ以降、依存症的な人間関係が作品の中で批判的に描かれるようになる。**

・1871年（50歳）

1～11月、『悪霊』発表。**7月、帰国。長男フョードル誕生する。**

・1872年（51歳）

ドストエフスキーの死後、「反動主義者」、「反啓蒙主義者」として悪名をはせることになる国家評議員ポベドノースツェフと知り合いになる。11～12月、『悪霊』を発表する。

・1873年（52歳）

1月、『悪霊』を皇太子アレクサンドルに献呈する。2月、ナロードニキでテロを肯定していた文芸評論家、ニコライ・ミハイロフスキーが『悪霊』を批判する。

・1875年（54歳） **8月、次男アレクセイが誕生する。** 1～12月、『未成年』を発表する。

・1876年（55歳） 1月より『作家の日記』を生計のため、個人雑誌として刊行し始める。

・1877年（56歳）

2月、『アンナ・カレーニナ』を書いたトルストイをきびしく批判する。トルストイのような神とともに生きていない作家が書いた作品は下らない、要するに、民衆の分からないトルストイのような作家は下らない、という（『作家の日記』）。

・1878年（57歳）

5月16日、**午前9時半、三歳になる次男アレクセイ、癲癇の発作のため、突然、亡くなる。**

・1879年（58歳）〜1880年（59歳）、『カラマーゾフの兄弟』を発表する。

・1881年（60歳）

妻のアンナによれば、ドストエフスキーは9年前から肺気腫を患っていた。1月26日、煩瑣な遺産問題のため訪ねてきた寡婦の妹（ヴェーラ・ミハイロヴナ・ドストエフスカヤ）と激論になり、妹が嗚咽し、ドストエフスキーは書斎に退散するも、そこで肺動脈が破裂し、最初の喀血。そのすぐあと、第二回目の、それも激しい喀血のため意識を失う。意識を回復するも、翌々日の**1月28日（現行のグレゴリオ暦では2月9日）午後8時38分死去する。**

※以上の年譜の作成には主に『ドストエフスキー全集／別巻』の「年譜（伝記、日付と資料）」（L・グロスマン、松浦健三訳編、新潮社、1980）を参照した。必要な場合、その年譜から引用もさせて頂いた。深く感謝します。なお、このグロスマンの年譜とともにドストエフスキーの作品を読むとき座右に備えておきたい書物として、次の三点を推奨する。

・コンスタンチン・モチューリスキー、『評伝ドストエフスキー』、松下裕・松下恭子訳、筑摩書房、2000

・R・ヒングリー、『19世紀ロシアの作家と社会』、川端香男里訳、中公文庫、1984

・『小さくされた人々のための福音――四福音書および使徒言行録』、本田哲郎訳、新世社、2001

あとがき

昔、わたしはドストエフスキーが分からなくて苦しんでいた頃、ロシア語の聖書を教えてもらっていた大阪ハリストス教会の故牛丸神父から、「信仰がなければ、ドストエフスキーの小説はゴミと同じです」と言われ、驚いたことがある。牛丸神父はトルストイを罵倒し、同時にドストエフスキーを賞賛しながら、そう言われた。今から思えば、牛丸神父のいう「信仰」とは、イエス・キリストという存在の意味が分かるようになるということ、つまり、わたしの言葉で言えば、「自尊心の病」が分かるようになるということだった。要するに、牛丸神父のその言葉をわたしの言葉で言い直せば、トルストイには自尊心の病が分からず、ドストエフスキーには分かった、ということだ。

しかし、本書でも述べたように、わたし自身は、自尊心の病が分かるということは、キリスト教の枠を超えた、わたしたちの誰もが経験しなければならないことだと考えている。そして、その経験がなければ、わたしたちの人生は生きるに値しないものになる、と、わたしは思っている。

いや、それはわたしたち個々の人生に限ることではない。自尊心の病の分からない人々はこの世界を地獄にしてしまうだろう。と言うより、わたしの目には、世界はすでにそのような人々によって、ムンクがその『叫び』という絵で描いたような世界になっているように見える。だから、わたしたちはどうしても自分の自尊心の病に気づかなければならないと思う。

しかし、そういうわたし自身、長い間、自分の自尊心の病に気づくことができず、そのため、わたしのまわりにいる人々の生活を地獄のようなものにしてきた。わたしは本書をそのような人々に対する贖罪として書いた。本書はドストエフスキー論という体裁をとってはいるが、わたしの罪の「告白」に他ならない。

この「告白」を出版するにあたって、無名であると同時に貧しいわたしは、資金面で大学の先輩であり、わたしの市民講座の受講生でもある山田晶一氏の援助を受けた。氏にはいくら感謝してもしきれるものではない。氏の援助が実りあるものになるよう、本書が多くの人に読まれることを願う。

なお、本書の出版にあたって、「イーグレープ」社の穂森宏之氏、著者の煩瑣な注文に応えてくださった編集の高井透氏、素晴らしい装幀をして頂いた三輪義也氏のお世話になった。この方々に心から深く感謝します。

２０２１年４月
萩原　俊治

萩原俊治（はぎはらしゅんじ）

1947 年　兵庫県に生まれる
1973 年　神戸市外国語大学外国語学部ロシア学科卒業
1975 年　神戸市外国語大学大学院
外国語学研究科ロシア語学専攻修了
1995 年　大阪府立大学助教授
2001 年　大阪府立大学教授
2012 年　大阪府立大学退官、名誉教授

著書
「『貧しき人々』と隠された欲望」（1989）
「誰がドストエフスキーを読むのか」（1994）
「ドストエフスキーとヴェイユ——「真空」について」（2008）
など、ドストエフスキーに関する論文多数。

ブログ
「こころなきみ」https://yumetiyo.hatenablog.com/

ドフトエスキーのエレベーター
――自尊心の病について

2021年6月7日　初版第1刷発行

著　者　　萩原俊治
発行者　　穂森宏之
編　集　　高井　透
発行所　　イーグレープ
〒277-0921 千葉県柏市大津ヶ丘 4-5-27-305
TEL:04-7170-1601　FAX:04-7170-1602
E-mail:p@e-grape.co.jp
ホームページ　http://www.e-grape.co.jp

ISBN 978-4-909170-27-9 C0095